读客科幻文库

跟着读客读科幻,经典科幻全看遍。

天钧

THE LATHE OF HEAVEN

[美]厄休拉·勒古恩 著

夏星 译

URSULA K.
LE GUIN

北京日报出版社

图书在版编目（CIP）数据

天钧 / (美) 厄休拉·勒古恩著；夏星译. -- 北京：北京日报出版社, 2024.10
ISBN 978-7-5477-4787-2

Ⅰ.①天… Ⅱ.①厄… ②夏… Ⅲ.①幻想小说 - 美国 - 现代 Ⅳ.①I712.45

中国国家版本馆CIP数据核字(2024)第027126号

THE LATHE OF HEAVEN by Ursula K. Le Guin
Copyright © 1971 by Ursula K. Le Guin
Copyright renewed © 1999 by Ursula K. Le Guin
Simplified Chinese translation copyright © 2024 by Dook Media Group Limited
Published by arrangement with Curtis Brown Ltd. through Bardon-Chinese Media Agency
ALL RIGHTS RESERVED

中文版权：© 2024 读客文化股份有限公司
经授权，读客文化股份有限公司拥有本书的中文（简体）版权
图字：01-2024-2318号

天钧

作　　者：	[美]厄休拉·勒古恩
译　　者：	夏　星
责任编辑：	王　莹
特约编辑：	武姗姗　骆新悦
封面设计：	梁剑清
出版发行：	北京日报出版社
地　　址：	北京市东城区东单三条8-16号东方广场东配楼四层
邮　　编：	100005
电　　话：	发行部：（010）65255876 总编室：（010）65252135
印　　刷：	三河市中晟雅豪印务有限公司
经　　销：	各地新华书店
版　　次：	2024年10月第1版 2024年10月第1次印刷
开　　本：	880毫米×1230毫米　1/32
印　　张：	7.75
字　　数：	175千字
定　　价：	49.90元

版权所有，侵权必究，未经许可，不得转载
凡印刷、装订错误，可调换，联系电话：010-87681002

丘也与女皆梦也，予谓女梦亦梦也。是其言也，其名为吊诡。万世之后而一遇大圣知其解者，是旦暮遇之也。

——《庄子·内篇·齐物论第二》

THE LATHE OF HEAVEN

天　钧

ONE

　　随洋流漂浮，随海浪翻涌，水母被整个海洋的巨大威力拉来扯去，漂流在潮汐的深渊之中，被光线照亮，被黑暗穿透。漂浮，翻涌，拉扯，从某个地方到某个地方，在深海里没有界限，只有远和近、高和低，水母飘来荡去，摇摆不定；它体内发出轻微而快速的脉动，正如这受月球引力驱动的大海那每日跳动的巨大脉搏。飘来荡去，摇摆不定，脉动不止，这最脆弱、最虚幻的生物用整个大海的狂暴与力量来保护自己，将自己的生死、去留与意愿尽数交付与它。

　　难以攻破的陆地却在此处崛起。砾石暗礁与岩石峭壁露出水面，光秃秃地暴露在空气中，那是干燥而可怕的外层空间，光辉灿烂、变化无常，它在那里无法生存。然而就在这时，洋流误导了它，海浪背叛了它，它们打破自己无尽的循环，一跃而起，在泡沫中撞上岩石与空气，在巨大的声响中粉身碎骨……

　　在白昼的干燥沙滩上，这原本只能随波逐流的生物会做什么?每天早上醒来时,意识会做什么?

他的眼皮被烧掉了,所以没法闭上眼睛,光线仿佛直射进大脑,火烧火燎。他也没法转过头去,因为掉落下来的一块块混凝土压在他身上,其中伸出的钢筋像台钳一样将他的脑袋夹住了。这些被挪走之后,他才又能动弹。他坐了起来,身下是水泥台阶,台阶的细小裂缝中长出一株蒲公英,就开放在他手边。过了片刻,他站起身,可刚一站起来就觉得恶心得要命,他知道这是辐射病。房门离他只有两英尺[1]远,那张气垫床充满气后就占去半间屋子了。他来到门口,打开门走了出去。门外的走廊上铺着油毡,一眼望不到头,微微起伏,绵延数英里[2],男洗手间就在很远很远处的下方。他向那里走去,想要扶着墙,然而没有东西可扶,墙壁变成了地板。

"放轻松,别紧张。"

电梯守卫的脸就像一盏纸灯笼挂在他头顶,脸色苍白,满头白发。

"是辐射病。"他说。但是曼尼似乎没听懂,只是说道:"慢慢来。"

他回到屋里躺在床上。

"你喝醉了?"

---

[1] 英制长度单位,1英尺=30.48厘米。——译者注(本书注释若无特别说明,皆为译者注)
[2] 英制长度单位,1英里≈1.609千米。

"没有。"

"嗑药嗑多了？"

"恶心。"

"你在吃什么药？"

"找不到合适的药。"他说。他原本想锁上门，不让梦进来，可是没有一把钥匙适合这把锁。

"医生从十五楼上来了。"曼尼说道。透过海浪的轰鸣，他的声音很微弱。

他挣扎着，想要呼吸。一个陌生人坐在床上望着他，手里拿着一支皮下注射器。

"这就对了。"陌生人说，"他会清醒过来的。感觉糟透了？别着急。你当然应该感觉糟糕。这些药都是一起吃的？"他亮出从自动售药机买的七个塑料膜小包装。"大量巴比妥类药物和右旋安非他命，还是混在一起吃的。你想对自己做什么？"

虽然呼吸困难，但他已经不恶心了，只是一点力气都没有。

"开药日期全都是这个礼拜。"医生继续说道——这小伙子扎了个棕色的马尾辫，满口坏牙，"这就意味着你不是全部用自己的购药卡买的，所以我要报告你借用了别人的卡。我也不想这样，可是你瞧，我是受命而来，别无选择。不过别担心，买这些药还构不成重罪，你将收到一份通知，让你去警察局报到，他们会送你去医学院或是地区诊所进行检查，然后把你转给医学博士或者心理医生接受VTT治疗，也就是自愿治疗。我已经用你的身份证替你填了表，现在我需要知道，你服用这些超过个人配给量

005

的药物有多久了?"

"几个月。"

医生将一张纸放在膝上潦草地写着。

"你是找谁借的购药卡?"

"朋友。"

"我得知道名字。"

过了一会儿,医生又说道:"至少说一个名字吧。就是走个形式。不会让他们惹上麻烦的,你瞧,只是会被警察训斥一顿而已,卫生、教育与福利部将在未来一年持续核查他们的购药卡。就是走个形式。一个名字就好。"

"我不能说。他们是想帮我。"

"听着,如果你不肯提供姓名,那就是在反抗,要么进监狱,要么会立刻被送进收容机构接受强制治疗。他们要是想查,反正也能通过自动售药机的记录追踪到卡号,你说了只是给他们节省时间而已。好了,就告诉我一个名字吧。"

他用双臂遮住脸,挡住刺眼难耐的光线,说道:"我不能说。我做不到。我需要帮助。"

"他借了我的卡。"电梯守卫说,"没错。曼尼·阿伦斯,247-602-6023。"医生拿笔涂涂写写。

"我没用过你的卡。"

"那就迷惑他们一下。他们不会去查的。人们总是用别人的购药卡,他们查不了。我把卡借给别人,自己再用别人的卡,一直都是这样。像这种该受训斥的事情我干过一大堆。他们都不知道。我吃的那些药,卫生、教育与福利部连听都没听过。你以前没有上过钩。放轻松,乔治。"

"我做不到。"他说,这话的意思是,他不能让曼尼为他撒谎,也没法阻止他为他撒谎,不能放轻松,也没法继续下去。

"再过两三个钟头,你就会感觉好一些。"医生说,"不过今天别出门。反正市中心的交通也全部瘫痪了,地铁司机们想再来一次罢工,国民警卫队试图运行地铁列车,新闻里说都乱成一锅粥了。待在家里吧。我得走了,走着去上班,该死,得从这儿走到麦克亚当大街的州住房综合楼,要走十分钟呢。"他站起身,床随之颠簸了一下。"你知道吗?单单在那栋综合楼里,就有两百六十个孩子患有恶性营养不良。他们全都来自低收入家庭或是领救济金的家庭,没法获取蛋白质。那么关于这一点,我到底该怎么办呢?我已经提交了五份不同的申请表,为这些孩子申请最低限度的蛋白质配给量,可是他们不肯给,都是官僚作风,借口一大堆。他们一直跟我说,领救济金的人能买得起足够的食物。确实能买得起,但如果买不到食物可怎么办?啊,见鬼去吧。我去给他们注射维生素C,试着假装他们没有饿肚子,只是得了坏血病……"

门关上了。曼尼在医生刚才坐的地方坐下来,床又颠了一下。有一股淡淡的气味,甜丝丝的,像是刚刚割过的青草香。他闭着眼睛,黑暗中雾气四起,曼尼的声音远远传来:"活着不是很好吗?"

天门者,无有也。
——《庄子·杂篇·庚桑楚第二十三》

THE LATHE OF HEAVEN

2 TWO

在威廉·哈伯医生的办公室是看不到胡德山的。这是个没有窗户的小型套间,位于威拉米特东塔的六十三层,什么风景也看不见。不过,其中一面没窗户的墙上有一幅壁画,正是胡德山的巨幅照片,每当哈伯医生和自己的接待员通话时就盯着这幅壁画。

"彭妮,马上要来的这个奥尔是什么人?那个有麻风病症状的癔症患者?"

她就在三英尺之外,只有一墙之隔,但是办公室之间的通信器就像墙上挂着的证书,既能激起患者的信心,也能激起医生的信心。再者,精神科医生打开门大喊"下一个!"也不像话。

"不,医生,那是格林先生,他明天十点钟来。今天这位是大学医学院的沃尔特斯医生介绍来的VTT病员。"

"药物滥用。好的,我这里有档案。行了,等他来了就请他进来。"

即使在说话的时候,他也能听到电梯嘎嘎响着升上来停下,门嘎吱一声打开了；接着是脚步声，那人在犹豫，然后传来外间的开门声。此刻他在听，能听到所有办公室的开门关门声、打字声、说话声、冲水声，从走廊这头到走廊那头，从楼上到楼下。真正的诀窍是要学会听不到这些声音，只有头脑能把它们隔绝在外。

这会儿彭妮在给病人办理首次就诊的例行手续，哈伯医生一边等，一边又盯上了壁画，心里在想，像这样的照片不知道是什么时候拍的：天空湛蓝，从山麓到山顶都有积雪。肯定是许多年前了，六七十年代吧。温室效应日益严重，出生于一九六二年的哈伯清楚地记得童年时曾见过蓝天。如今世界上再没有哪座山常年积雪，就连珠穆朗玛峰也不例外，在南极洲荒凉海岸喷火的埃里伯斯火山亦是如此。不过，这幅照片当然也有可能是现代作品，他们给它上了色，伪造出蓝天与雪峰，这可说不准。

"下午好，奥尔先生！"他说着站起身来，面带微笑，但并没有伸出双手，这年头许多病人都对身体接触有种强烈的恐惧感。

病人迟疑地收回几乎已经伸出的手，不安地拨弄着自己的项链，说道："你好。"项链就是寻常的银色钢制长链。他衣着普通，符合文职人员的着装规范；发长及肩，发型保守，胡子很短，头发和眼睛的颜色都很浅。此人又矮又小，皮肤白皙，稍微有点营养不良，但是健康状况良好，年龄在二十八岁到三十二岁。没有攻击性，性情平和，胆小如鼠，压抑守旧。哈伯常说，与病人关系最宝贵的时期就是最初十秒钟。

"请坐，奥尔先生。对了！你抽烟吗？棕色过滤嘴的有镇定剂，白色过滤嘴的不含尼古丁。"奥尔不抽烟。"那么，我们来看看对于你的情况我们是否有共识。卫生、教育与福利部想知道你为什么要借用朋友的购药卡从自动售药机购买超过你个人配给量的兴奋剂与安眠药，对吗？于是他们把你送到山上那些小子那里，他们建议你接受自愿治疗，然后又把你送到我这儿来了。我有没有说错？"

他听见自己的语气和蔼可亲、轻松自如，着意令对方感到自在；然而这位病人依然很不自在。他频频眨眼，坐姿紧绷，双手也摆得过于正式：一幅压抑焦虑的典型画面。他点点头，仿佛同时还咽了一大口唾沫。

"那好，没什么大不了的。如果你一直在囤积药品，意图卖给瘾君子或是犯下谋杀案，那可就有麻烦了。不过你只是自己服用，所以受到的惩罚最多也就是到我这里来治疗几次。现在我当然想问一问，你为什么要服用这些药物，以便我们一起为你找到更好的生活方式，一则可以将你的服药剂量维持在自己的购药卡限度以内，二来也许可以让你彻底摆脱药物依赖。那么，你服药的程序是——"他看了看医学院送来的文件夹，"先吃几周巴比妥类药物，然后换成右旋安非他命，吃几个晚上再换回巴比妥。你是怎么吃上药的？失眠？"

"我睡眠很好。"

"但是你做噩梦。"

那人惊恐地抬起头：脸上闪过一丝毫不掩饰的恐惧。这个病人不难办。他没有戒心。

"算是吧。"他声音嘶哑地说。

"奥尔先生，这对我来说并不难猜。他们送到我这里的一般都是做梦的人。"他朝这个小个子男人咧嘴一笑，"我是做梦学的专家。如假包换。梦学家。睡眠和做梦就是我的专业领域。好的，我现在可以继续进行有根据的猜测了，你服用苯巴比妥是想抑制做梦，却发现，随着耐药性的产生，这种药物对做梦的抑制效果越来越差，直到彻底没了效果。服用右旋安非他命也是类似的情况。所以你就交替服用这两种药。对吗？"

病人不自然地点了点头。

"为什么你服用右旋安非他命的时间总是比较短？"

"它让我感到焦虑不安。"

"我想那是一定的。你最后一次服下的混合剂量很了不得。虽然这些药本身并不危险。不过，奥尔先生，你所做的事依然很危险。"为了制造效果，他停了一下才又继续说，"你不让自己做梦。"

病人又点了点头。

"奥尔先生，你有没有试图不让自己吃饭喝水？最近有没有试过憋气？"

他保持着欢快的语气，病人设法笑了笑，但是那笑容并不开心。

"你知道自己需要睡眠，就像你需要食物、水和空气。但是你有没有意识到仅仅有睡眠是不够的？你的身体强烈要求睡眠时有一段时间要做梦。如果彻底不做梦，大脑就会对你做一些奇怪的事。它会让你脾气暴躁、感到饥饿、无法集中注意力——听起来是不是很耳熟？这不仅仅是右旋安非他命的缘故！——你还会变得容易做白日梦、反应时快时慢、健忘、不负责任、喜欢胡思乱想。最后你还是会被迫做梦——无论是什么情况。我们没有药物能够一直不让你做梦，除非把你杀死。比如说吧，极为严重的酒精中毒可能导致人患上脑桥中央髓鞘溶解症，这是一种会致命的疾病，其原因就是缺少做梦引起了低位脑干的损伤。这并不是缺少睡眠引起的！而是缺少了睡眠期间的某种特定状态——做梦状态，也就是快速眼动睡眠，D状态。那么，你既不酗酒，也没有死，所以我知道，无论你服用什么药物来抑制做梦，都会有不奏效的时候。因此，第一，你的身体因为有时不做梦而状况很差；第二，你一直在走死胡同。好，你是怎么走进死胡同的？我想是因为害怕做梦，害怕噩梦，或者害怕你以为的噩梦。你能跟我说说这些梦吗？"

奥尔犹豫了。

哈伯欲言又止。他常常都知道病人想要说什么，并且能够替他们说出来，比他们自己说得更好。然而病人得自己开口才行。这一步他不能替他们走。毕竟，这次谈话只是初步行动，是从心理分析鼎盛时期残存下来的一种惯例，其作用仅仅是帮助他决定要如何治疗病人，指明是正向还是负向调节，他又该怎么做。

"我想，我做噩梦的次数并没有比大多数人更多。"奥尔低头看着双手说，"没什么特别的。我是……害怕做梦。"

"害怕做噩梦。"

"什么梦都怕。"

"我明白了。你知道这种恐惧是怎么开始的吗？或者说，你害怕的是什么，希望避免的是什么？"

奥尔没有立刻回答，只是坐在那儿低头看自己的手，这双手方方正正，有些泛红，一动不动地放在膝上，哈伯稍微提示了一下："是不是梦里有些东西不合理、不合法，有时候甚至不道德，是类似的事情让你觉得不安吗？"

"从某种程度上来说，是的。但是原因有点特殊。你瞧，我……我……"

关键就在这里，症结找到了，哈伯心想，他也在望着那双紧张的手。可怜的家伙。他做的是春梦，并且对此有种负罪感。童年时遗尿，母亲有强迫症——

"我再说下去，你就不会相信了。"

这小家伙比他看起来病得要厉害。

"奥尔先生，睡着和醒着时都跟梦打交道的人并不太在意相信不相信的问题。我很少会把事物分为这两类。因为不适用。所以别管这个了，继续说吧。我很感兴趣。"这听起来是不是有点居高临下的感觉？他看着奥尔，想知道他是否误解了自己的话，有那么一刹那，两人四目交接。好漂亮的眼睛，哈伯心想，他很吃惊自己会想到这个词儿，因为他也很少会以漂亮为标准进行分类。那对虹膜是蓝色或者灰色的，清澈异常，就像透明的一般。哈伯一时间忘了形，回望着那双清澈而目光闪躲的眼睛；不过也就一小会儿，所以他几乎没有意识到自己以前从不曾做过这种事。

"好吧,"奥尔说道,仿佛下定了决心,"我做的梦……影响了……梦境以外的世界。真实世界。"

"奥尔先生,我们都做过这种梦。"

奥尔瞪大眼睛,自己真是完美的捧哏。

"在做梦快要醒来时,梦对于一般情感层面的心理影响可能是——"

可这个捧哏的人打断了他。"不,我不是这个意思。"奥尔有点结巴了,"我的意思是,我梦到什么事,然后它就成真了。"

"奥尔先生,这也不难相信。我不是在开玩笑。科学思想兴起之前,从没有人质疑过这种说法,更不用说不相信了。预言性的——"

"不是预言性的梦。我无法预知任何事情。我只是改变事情。"他握紧了双手。难怪医学院那些大人物把这家伙送到这儿来。他们总是把搞不定的人送到哈伯这里来。

"你能举个例子吗?比如说,你是否记得第一次做这样的梦是什么时候?当时你多大年纪?"

病人犹豫了很久,最后说道:"十六岁,应该是吧。"他的态度依然是温顺的,对于这个话题,他表现出极大恐惧,但是对于哈伯,他既没有戒心,也没有敌意。"我不确定。"

"跟我说说你确定的第一次。"

"当时我十七岁,还住在家里,我母亲的妹妹也跟我们住在一起。她正准备离婚,也没有工作,只领一点救济金。她有点妨碍到我们的正常生活了。我家就是普通的三室一厅,她总是在家里，把我母亲都快逼疯了。她很不体谅人，我说的是埃塞尔姨妈。她占着卫生间不出来——我们的公寓里还是有独立卫生间的。她还总是……呃……开玩笑似的引诱我。半开玩笑吧。穿着袒胸露背的睡衣到我卧室里来，等等。她才三十来岁。这让我有点紧张。那时我还没交过女朋友，所以……你知道的。青春期嘛。小孩子很容易就会兴奋起来。我对此很不满。我是说，她是我姨妈呀。"

他瞥了哈伯一眼，确信医生知道他是对什么事不满，并且认可他的不满。二十世纪后期持续开放的风气与十九世纪后期持续压抑的风气造成了完全一样的后果，人们对性感到内疚和恐惧。奥尔担心哈伯会对他不愿和姨妈上床感到震惊。但哈伯依然是那副不置可否却很感兴趣的表情，于是奥尔又继续说。

"嗯，我做过很多让人不安的梦，梦里总有这位姨妈，通常是伪装过的，就像人们有时在梦中见到的那样；有一回她是一只白猫，但我知道她就是埃塞尔。总之，最后有天晚上她要我带她去看电影，还想要我摸她，回到家她就一直在我床上翻来覆去，还说我父母已经睡了什么的，嗯，后来我终于把她赶出了房间，睡着以后我就做了这个梦。梦境非常生动，醒来后我一点都没忘。我梦见埃塞尔在洛杉矶死于车祸，收到电报的时候，母亲正准备做晚饭，她哭了，我也为埃塞尔感到难过，希望能为她做些什么，却不知该如何是好。梦就是这样……可是等我起床后，来到起居室里，埃塞尔却不在沙发上。公寓里没有别人，只有我和我父母。她不在，也从没来过。我用不着问。因为我记得。我知道埃塞尔姨妈六周前跟律师谈完离婚的事回家时，在洛杉矶的高速公路上死于车祸。我们是通过电报得知消息的。我的梦从头到尾就像是把已经实际发生的事情重新经历了一遍，但它并未发生过，直到我做了那个梦。我是说，我还记得，在头天晚上之前，她曾跟我们同住，睡在起居室的沙发上。"

"但是没有任何迹象可以证明这一点？"

"是的，没有。她没有来过。没人记得她曾经来过，除了我。而我现在是错的。"

哈伯英明地点了点头，摸着自己的胡须。他原本以为这位病人在用药习惯方面有点小问题，如今看来他的心理失常很是严重，不过还从来没有人将妄想体系如此直接地描述给他。奥尔也许是智能型精神分裂症患者，用精神分裂症的创造性与欺诈性来欺骗他、哄骗他；但奥尔又不像这些人内心都有些傲慢自大，哈伯对此是极为敏感的。

"你为什么认为你母亲并未注意到现实自从头天晚上起已经不一样了？"

"嗯，因为她没有梦到。我是说，这个梦真的改变了现实。它往前追溯，造就了一个不同的现实，而她一直是其中的一部分。因为身在其中，所以她不记得另一个。而我记得，我对于两种现实都有记忆，因为改变发生的那一刻我……在现场。我知道这说不通，但我只能这么解释。我必须找到解释，不然就得面对现实，相信自己疯了。"

不，这家伙可不是胆小鬼。

"奥尔先生，我的职业不是判断是非曲直，而是追求事实。相信我，头脑中的事件对我来说就是事实。另一个人做梦时，你要是见到脑电图仪将他的梦明明白白记录下来——就像我曾上万次见过的那样——你就不会再说梦是'不真实的'。它们确实存在，是真实发生的事情，并非了无痕迹。对了，我想你还做过其他的梦，也有同样的效果？"

"有过一些。但很久才做一回，只有在我压力很大的时候。但是这种梦似乎……越来越频繁，我就开始害怕了。"

哈伯探过身去："为什么呢？"

奥尔一脸茫然。

"你为什么害怕？"

"因为我不想改变现实！"奥尔说道，仿佛这是明摆着的事情，"我有什么资格去干涉事情的走向？而且是我的潜意识在改变现实，毫无理智的支配。我曾经试过自我催眠，但无济于事。梦都是没有条理的、自私的、荒谬的——不道德的，你刚刚才说过。他们来自我们头脑中未经社会化的那部分，不是吗？至少在一定程度上是这样。我并不想杀死可怜的埃塞尔。只是希望她别碍我的事。可是，在梦里，这就可能很激烈了。梦都是走捷径的。我杀了她。用六周前发生在一千英里之外的一场车祸。我对她的死有责任。"

哈伯又在抚摸他的胡须。"所以，"他慢慢地说，"你就吃了那些抑制做梦的药物。这样你就能避免承担更多责任了。"

"是的。药物可以阻止梦境形成，也可以让已经形成的梦境不那么逼真。只有某些梦——感觉特别强烈的那些才能——"他想找个词,"起作用。"

"好的。行,那我们来看看。你没有结婚,在博纳维尔-尤马蒂拉电力区从事绘图员的工作。你喜欢这份工作吗?"

"挺喜欢的。"

"你的性生活怎么样?"

"有过一次试婚的经历,同居了几年,去年夏天分手的。"

"是你要分还是她要分?"

"我俩都要分。她不想要孩子。这不是完整婚姻的标配。"

"从那以后呢?"

"嗯,我办公室有几个姑娘,但我其实不是……不是风流成性的那种人。"

"平时人际关系如何?你觉得你和别人相处得好吗?你在周围的小圈子里有自己的位置吗?"

"我觉得人际关系挺好的。"

"这样你就可以说,你的生活没什么问题。对吗?好的。现在跟我说说,你是否想——真的想——戒掉药物依赖?"

"是的。"

"好的,很好。那么,你吃药是想避免做梦。但并非所有的梦都有危险性,只有那些梦境生动的才有。你梦见姨妈埃塞尔是一只白猫,但她第二天早上并没有变成白猫——对吗?有些梦没有问题——是安全的。"

他等着奥尔点头表示赞同。

"好，想一想，我们对这件事情从头到尾进行测试，你觉得怎么样？也许你能学会如何安全地做梦，不再害怕。请容我解释一下。你给做梦这事赋予的情感负担太重了。你真的害怕做梦，因为你觉得有些梦能够影响到真实生活，以你所无法控制的方式。这也许是一个复杂而有意义的隐喻，你的潜意识想要通过这种方式告诉显意识，现实中有些东西——你的现实，你的生活——你还没准备好从理性上接受。不过我们可以根据字面意思来理解这个隐喻，现在还没必要将它翻译成理性思维。你目前的问题在于：你害怕做梦，可你又需要做梦。你试图用药物来抑制做梦，可是没有效果。好的，那我们就反其道而行之。我们让你有意识地做梦，就在这儿，做那些感觉强烈而又逼真的梦，在我的指导下，在受控制的状态下。这样你就能把你认为已经失控的事情掌握在手中了。"

"我怎么才能按照指示做梦呢？"奥尔很不自在地说。

"在哈伯医生的梦想天堂里，你就可以做到！你有没有被催眠过？"

"看牙医时有过。"

"很好。方法是这样的：我给你催眠，让你进入昏睡状态，暗示你就要睡觉了，就要做梦了，以及你将要梦见什么。你会戴上催眠帽以确保你是真正睡着，而不只是被催眠。你做梦时，我会全程进行观察，既观察你的身体，也会在脑电图仪上观察你的脑波。等我喊醒你以后，我们再谈一谈你在梦里经历的事情。如果它进行得很安全，那么你下一次面对做梦时也许会轻松一点。"

"可我不会在这里做那种起作用的梦，它在几十个或者几百个梦里才有那么一回。"奥尔的心理防御机制倒是始终如一。

"你在这里哪一种梦都能做。梦的内容和它的影响几乎完全可以由目的明确的受试者和训练有素的催眠师来控制。我从事这项工作已经十年了。你会和我一起，因为你要戴上催眠帽。以前戴过吗？"

奥尔摇了摇头。

"但你知道那是什么。"

"它会通过电极传输信号，从而刺激……大脑配合它。"

"大概就是这样。俄国人已经应用了五十年了，以色列人对它进行了改进，我们最后才加入这个行列，将它批量生产供专业人员用于安抚精神病患者，也供人们在家里用于诱导睡眠或者阿尔法催眠。几年前，我曾经给林顿精神病院的一名严重抑郁症患者进行过强制治疗。像许多抑郁症患者一样，她睡眠很少，尤其缺少D状态睡眠，也就是梦态睡眠；每当进入D状态，她就会醒来。这造成了恶性循环：越抑郁，做梦越少；做梦越少，越抑郁。必须打破这个循环。可是要怎么做？现有药物对于增加D状态睡眠效果不大。ESB——脑部电刺激？这涉及在睡眠中枢植入深层电极，手术还是能免则免吧。于是我对她使用催眠帽来促进睡眠。如果使弥散的低频信号更加具体化，将其定向到大脑中的特定区域，那将会怎样？哦，没错，当然，哈伯医生，这可太容易了！实际上，完成必要的电子学研究之后，我只花几个月就造出了主机，然后我试着用健康受试者在适当状态下——睡眠和做梦的不同阶段——的脑电波记录去刺激这位受试者的大脑。但是效果不佳。发现来自另一个大脑的信号，受试者可能会做出反应，也可能不会做出反应。几百份正常的脑电波记录，我得学着去归纳，去算出平均值。在治疗这位病人的过程中，我再一次缩小了范围，针对特定目的做出修改：每当受试者大脑所做的正是我希望它多做一些的事情时，我就把那一刻记录下来，进行加强、扩大、延长、重演，刺激大脑去配合它自己最健康的冲动——请原谅我一语双关。所有这些都涉及大量的反馈分析，所以原本简简单单的脑电图仪加催眠帽变成了这样。"他指了指奥尔身后的众多电子器件，其中绝大部分他都用塑料面板挡了起来——因为许多病人要么害怕机器，要么就过度认同机器——但它还是占据了办公室大约四分之一的地方。"那就是做梦机器，"他说着咧嘴一笑，"或者通俗点说，放大器；它将要对你做的就是确保你睡着并且做梦——是简短而轻松，抑或是漫长而细致，全凭我们喜欢。哦，顺便说一句，去年夏天林顿精神病院认为这位抑郁症患者已经完全治愈，就允许她出院了。"他倾身向前："你想不想试一试？"

"现在？"

"你还想等什么？"

"可我没法在下午四点半睡着啊——"他的样子有点不知所措。哈伯刚才就在他那挤得满满的书桌抽屉里翻翻找找，这会儿拿出一张纸来——原来是卫生、教育与福利部规定要填的《催眠知情同意书》。奥尔接过哈伯递来的钢笔，在表格上签了名，随后顺从地放在桌上。

"好的。很好。现在，乔治，跟我说说，你的牙医是使用催眠录音带还是亲自上阵？"

"录音带。我的易感度是三级。"

"刚好在图表正中间，对吗？为了暗示梦的内容收效良好，我们需要相当深度的催眠。我们要的不是催眠状态下的梦，而是真正睡着时做的梦——放大器会让你睡着——但我们要确保暗示植入得够深。所以，为了避免花费几个小时把你调节到深层催眠状态，我们会使用V-C诱导法。见过这样的做法吗？"

奥尔摇了摇头。他看起来忧心忡忡，但并没有提出反对。他身上有一种接受的、被动的特质，显得很女性化，甚至很孩子气。对这个身体瘦弱、脾气顺从的人，哈伯发现自己的本能反应是保护或者欺负他。他轻而易举就能主宰他、庇护他，这简直叫人无法抗拒。

"我对多数病人都使用这种方法。它安全、快捷，而且可靠——到目前为止，这是诱导催眠的最佳方法，对于催眠者和被催眠者来说都是最不费力的。"奥尔肯定听过那些吓人的故事，被催眠者因为V-C诱导时间过长或是不熟练而造成脑损伤或是死亡，虽然在这里无须担心这些，但哈伯还是得迎合这种心理并进行安抚，免得奥尔抗拒整个诱导过程。于是他继续喋喋不休，讲述了V-C诱导法的五十年历史，然后绝口不再提起催眠，而是将话题转回到睡眠与做梦，以便将奥尔的注意力从催眠过程转向催眠的目的。"你瞧，清醒状态或催眠状态和做梦状态之间存在的鸿沟就是我们需要填补的缺口。这个鸿沟有个共同的名字：睡眠。正常睡眠、S睡眠、非快速眼动睡眠，随你怎么叫它都行。那么，粗略说来，我们关注的精神状态有四种：清醒、催眠、S睡眠以及D状态。看看这些精神活动过程——S睡眠、D状态以及催眠状态，它们有个共同点：睡眠、做梦和催眠都会释放潜意识——下层意识——的活动；它们倾向于采用初级过程思考，而清醒时的思维则是二级过程——理性思维。现在来看看这四种状态下的脑电波记录。D状态、催眠和清醒状态有很多共同点，S睡眠则完全不同。人是没法从催眠状态直接进入真正的D状态做梦的，必然会有S睡眠介于其间。通常情况下，一夜之间人只会进入D状态四五次，每隔一两个钟头一次，每次十五分钟。其余时间人都处于正常睡眠的某一阶段。这个时候人就会做梦，但往往梦境并不逼真；S睡眠时的思维就像引擎空转，持续地发出各种图像和想法。而我们追求的则是D状态下栩栩如生、充满感情、令人难忘的梦。催眠再加上放大器会确保我们达到目的，越过睡眠的生理鸿沟与时间鸿沟，直接进入做梦状态。所以你将要坐在沙发上。我这个领域的开创者虽然是德门特、阿瑟林斯基、伯杰、奥斯瓦尔德以及哈特曼等人，沙发却是从弗洛伊德老爹那儿直接搬来的……但我们的沙发用来睡觉，这一点他是反对的。那么，第一步，我希望你在沙发脚坐下。没错，就是这样。你会在那里坐上一会儿，所以怎么舒服怎么来。你说你试过自我催眠，对吗？那好，我们继续进行，就用你曾经用过的技巧。深呼吸怎么样？吸气时数到十，屏住呼吸数到五。是的，没错，很好。你可以抬头看天花板吗？直接看着头顶上方。可以，好的。"

奥尔顺从地把头往后仰，紧挨在他身边的哈伯悄无声息地迅速伸出左手放在他脑后，用拇指和一根手指分别在他两只耳朵的后下方用力按压；同时用右手的拇指和手指使劲压住他裸露的喉咙，就在他柔软的金色胡须下方，那里有迷走神经和颈动脉。他察觉到手指下面那细嫩的灰黄色肌肤，感觉到第一下抗议的惊跳，随后看见那双清澈的眼睛闭上了。他感到一阵兴奋，以自己的高超技能为乐，以立刻控制了病人为乐，尽管他同时在急促地轻声嘀咕着："你现在要睡觉了。闭上眼睛，睡觉，放松，放空你的大脑。你要睡觉了，你很放松，你要没力气了。放松，放手吧——"

奥尔向后倒在沙发上，就像被枪杀了一样，右手松松地从身旁垂下。

哈伯立刻跪在他身边，右手始终轻轻按压着那几个点，嘴里则一直在小声而快速地暗示着："你现在被催眠了，不是睡着，而是深陷催眠状态，你不会离开这种状态，也不会醒过来，除非我叫你这么做。你现在被催眠了，而且在催眠状态越陷越深，但你仍然可以听见我的声音、听从我的指示。今后只要我像现在这样简单地碰到你的喉咙，你就会立刻进入催眠状态。"他将指示重复了一遍，然后继续说："现在，当我告诉你睁开眼睛时，你就会睁开眼睛，看见面前飘浮着一个水晶球。我要你集中注意力紧紧盯着它，越是盯着它，你就会在催眠状态里陷得越深。现在睁开眼睛，对，很好，看见水晶球时告诉我。"

那双浅色的眼睛仿佛在好奇地凝视内心，眼神空洞地越过哈伯。"看见了。"被催眠的人柔声说道。

"很好，继续盯着它，呼吸均匀，很快你就会进入深层催眠……"

哈伯抬头看了一眼时钟。整个过程只花了几分钟。很好，他不喜欢把时间浪费在手段上，关键是要达到预期的目的。奥尔躺在那里盯着他想象出来的那个水晶球，哈伯则站起身，开始给他试戴改良过的催眠帽，不断地取下来又戴回去以重新调整那些微小的电极，将它们放置在浅棕色浓密头发底下的头皮上。他经常开口，轻声重复那些暗示，偶尔也会问几个乏味的问题，这样奥尔就不会昏昏沉沉地睡去，而是继续和他保持着默契。催眠帽就位以后，他立刻打开脑电图仪，观察了一段时间，看看这个大脑是什么样的。

催眠帽的八个电极连接到脑电图仪，这台机器里有八支笔会永久记录下脑电波的活动。哈伯监视着屏幕，乱糟糟的白色线条在深灰色背景上抖动着，将神经冲动直接显现出来。他可以随心所欲地分离出一条线并放大，或是将一条线叠加到另一条线上。这是他乐此不疲的事情，就像通宵播放的电影和第一频道的节目。

屏幕上没有他要找的S状凸起，这是伴随某些精神分裂症人格的特征。整个模式没有任何异常之处，除了它的复杂多样。简单的大脑会产生一组相对简单的线条模式，并且乐于重复它们；这个大脑可不简单。它的动作微妙而复杂，既不会经常重复，也不会一成不变。放大器所连接的计算机会对它们进行分析，但是在看到分析结果之前,哈伯唯一能够分离出来的单一因素就是复杂性本身。

他命令病人别再看水晶球、闭上眼睛,然后几乎立刻就得到了十二个周期的阿尔法描记线,既强烈又清楚。他又摆弄了一会儿病人的大脑,为计算机获取记录并测试催眠深度,随后说道:"好了,约翰——"不对,这个受试者叫什么来着?"乔治。现在你马上就要睡觉了。你会睡得很熟并且做梦;但你会在听到我说'安特卫普'以后才睡着;等我说出这个词儿,你就睡着了,一直睡到我喊你的名字三次。睡着时你会做梦,一个好梦。一个清楚愉悦的梦。它完全不是噩梦,会让你心情愉快,但是非常清晰生动。等你醒来时一定会记得。它是关于——"他犹豫了一下,因为他什么计划也没做,全指望灵光乍现。"关于一匹马。一匹枣红色的高头大马在田野上飞奔。跑来跑去。也许你会骑上它,或是抓住它,又或者只是看着它。但这个梦跟马有关。这是个逼真的梦,它会——"病人用的那个词儿是什么?"起作用,与马有关。然后你不会再梦到其他东西;等到我说你的名字三次,你就会醒过来,感觉平静安宁。现在,我要送你去睡觉了……我要说……安特卫普。"

屏幕上舞动的细小线条听话地起了变化,变得越来越粗壮,越来越缓慢;没过多久,第二阶段睡眠的纺锤波开始出现,第四阶段深长的德尔塔节律也初露端倪。随着大脑节律的变化,被这种舞动能量所占据的沉重物质也在变化:病人双手松松地放在缓慢呼吸的胸部,他脸色冷漠,一动不动。

放大器已经完整记录下清醒时的脑波模式；这会儿它在记录并分析S睡眠的脑波模式；很快它就会捕捉到病人进入D状态，甚至连第一个梦尚未做完就会将相应的脑波模式反馈给睡眠中的大脑，放大它自身的电子流。实际上，它现在也许正在这么做。哈伯本来以为还要等一会儿，但是催眠暗示再加上病人长期处于梦被半剥夺的状态，结果使得他立刻就进入了D状态：刚刚到达第二阶段就开始回升。屏幕上缓慢摆动的线条这里抖一下那里抖一下；再次抖动起来；开始加速并跳起舞，呈现一种快速且不同步的节奏。现在脑桥是活跃的，来自海马体的轨迹显示出一个五秒的周期，也就是西塔节律，这在这位受试者身上表现得并不明显。他的手指微微动了动；眼珠也在闭着的眼皮底下转动，仿佛在看着什么；嘴唇张开深深地呼吸。睡觉的人做梦了。

现在是五点零六分。

五点十一分，哈伯按下放大器上黑色的关机键。五点十二分，他注意到屏幕上再度出现了S睡眠的深缺口与纺锤波，于是俯下身，对着病人清楚地说了三遍他的名字。

奥尔叹了一口气，张开胳膊做了个放松的姿势，睁开眼睛，醒了过来。哈伯三下五除二就将电极从他头皮上取了下来。"感觉还好吧？"他问道，语气亲切而又自信。

"挺好的。"

"你做梦了。我只知道这么多。你能跟我说说这个梦吗？"

"我梦见一匹马。"奥尔声音嘶哑地说，还没完全从睡眠中清醒过来。他坐起身："梦里有一匹马。就是那匹。"他朝着哈伯办公室里那幅窗户大小的装饰壁画挥了挥手,照片上是伟大的赛马坦马尼·霍尔在绿草如茵的围场里玩耍。

"你梦见它怎么了?"哈伯满意地问。他本来没有把握第一次催眠的暗示就对梦的内容有影响。

"当时……我走在田野里,它在远处待了一会儿,然后向我飞奔而来。过了一阵我才反应过来它要把我撞倒了。不过我一点也不害怕。我估摸着也许能抓住它的缰绳,或是翻上去骑着它。我知道它不可能真的伤害到我,因为那是你画里的马,不是真马。这一切就像一种游戏……哈伯医生,你有没有觉得那幅画有哪里……不同寻常?"

"嗯,有人认为它不适合精神科医生的办公室,太过夸张了,让人有点吃不消。实物大小的性象征正对着沙发!"他笑着说。

"一个钟头以前,它也在那里吗?我是说,刚才那不是胡德山的风景照吗?在我进来的时候,在我梦到那匹马之前。"

哦,天哪,他说得对,刚才壁画上的确是胡德山。

刚才不是胡德山,不可能是胡德山,是马,是一匹马。

刚才是山。

是马,是马,就是马——

他目不转睛地望着乔治·奥尔,一脸茫然,从奥尔提问到现在已经过去好几秒了,千万不能被他识破,一定要让他信任自己,他知道该怎么回答。

"乔治,你记得那幅壁画本来是胡德山的照片?"

"是的。"奥尔说道,他的语气虽然有点难过,却十分坚定,"我记得。本来是山。山上还有雪。"

"嗯哼。"哈伯像法官似的点点头,陷入沉思。他胸口那股可怕的寒意已经消失了。

"你不记得了?"

这个男人的眼睛,颜色如此难以捉摸,看人的眼神却清澈而直接:这是精神病患者的眼睛。

"是的,恐怕不记得了。这是坦马尼·霍尔,八九年的三冠王。我想念这些比赛,低等物种因为我们的食物短缺问题而遭到排挤真是可惜。马当然是个完美的不合时宜之物,但我喜欢这张照片;它有活力,有力量——从动物的角度来说,这是完全的自我实现。从人类心理学的角度来说,这是精神科医生努力实现的理想,是一个象征。我对你做梦内容的暗示自然也是来源于此,当时我正好在看着它……"哈伯斜睨了一眼壁画。当然是马。"不过,你瞧,如果你还想听听别人的意见,我们可以去问克劳奇小姐——她在这儿工作两年了。"

"她会说壁画上一直都是马。"奥尔平静而又懊丧地说,"一直都是。自从我的梦以来。从来都是马。我原本以为,既然是你对我暗示了这个梦,那么也许你也有双重记忆,就像我一样。但是我看你并没有。"他不再双眼低垂,而是又一次看着哈伯,目光清澈,充满宽容,仿佛在安静而绝望地求救。

这个人病了。得把他治好。"乔治,我想让你再来一趟,如果可能的话,明天就来。"

"可是,我得上班——"

"提前一个小时下班,四点到这儿。你在接受自愿治疗。跟你的老板说实话,不要觉得难为情,难为情是不对的。有时候,总人口的82%都在接受自愿治疗,更别提还有31%的人在接受强制治疗。那么你四点到这儿,然后我们开工。你瞧,我们会有进展的。给,这是眠尔通的处方,它会让你少做梦,但又不会完全抑制D状态。你可以每三天到自助售药机买一次。要是你做了梦,或是经历了其他任何让你害怕的事,打电话给我,白天晚上都行。不过我想,服用这个药以后,你是不会遇到这些情况的;要是你愿意和我一起努力,那么很快就什么药都不用吃了。你做梦的这个问题会彻底得到解决,你会得到解脱。好吗?"

奥尔接过IBM公司研发的处方卡。"那我就放心了。"他说,然后微微一笑,那笑容并不开心,带点试探,但并不缺乏幽默感。"关于那匹马,还有一件事。"他说。

比他高出一个头的哈伯俯视着他。

"它看起来很像你。"奥尔说道。

哈伯迅速抬头看了一眼壁画。确实很像。高大健康、毛发浓密、一身红棕,全速疾驰而来——

"也许是因为你梦里的马很像我?"他问,口气既狡猾又和蔼。

"是的,它很像。"病人说。

他走了以后,哈伯坐下来不安地望着壁画上坦马尼·霍尔的照片。对于这间办公室来说,它的确太大了。该死,但他真希望自己能买得起一间有窗户的办公室,窗外还能看得到风景!

天之所助，谓之天子。学者，学其所不能学也？行者，行其所不能行也？辩者，辩其所不能辩也？知止乎其所不能知，至矣！若有不即是者，天钧败之。

——《庄子·杂篇·庚桑楚第二十三》

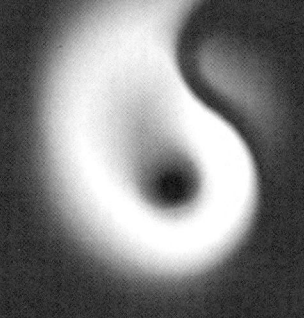

THE LATHE OF HEAVEN

天　钧

3 THREE

乔治·奥尔三点半离开办公室，向地铁站走去。他没有车。如果省一省，他也许能买得起一辆大众汽车并缴纳相应的里程税，可那又有什么用呢？城里不允许汽车进入，而他就住在城里。他曾在八十年代学过开车，但是从来不曾拥有过汽车。他搭乘温哥华地铁回到波特兰。列车上已经挤得满满当当；他站的地方既抓不到拉环，也扶不到柱子，四面八方都有身体挤着他，他就完全由这均衡的压力支撑着，当拥挤的力量（C）超过重力（G）时，他偶尔也会被挤得离开地面、浮在空中。旁边有个男人拿着一份报纸，他的胳膊一直没法放下来，他站在那儿，脸就蒙在体育版里。标题"阿富汗边境附近发生大规模空袭"以及副标题"阿富汗有可能出手干预"跟奥尔大眼瞪小眼长达六站。然后拿报纸的人用力挤下了车，取而代之的是绿色塑料盘里摆着的几个西红柿，底下是位身穿绿色塑料外套的老太太，她在奥尔的左脚上继续站了三站路。

他在东百老汇站艰难地挤下车，在越来越密集的下班人群中推推搡搡地走了四个街区，来到威拉米特东塔，这栋大高楼显眼而破旧，由混凝土和玻璃建成，仿佛在以植物般顽强的生命力与周围类似的建筑丛林争夺着阳光和空气。几乎很少有阳光和空气能落到街道上，那里气候温暖、细雨霏霏。下雨是波特兰的老传统了，但气候温暖——才三月二日气温就高达七十华氏度[1]——却是新近才有的，这是空气污染的结果。城市和工业污水没有得到及时控制，所以未能扭转二十世纪中期已经出现的累积趋势；就算二氧化碳能够从空气中清除出去，那也需要几百年时间。随着极地冰层不断融化，海平面持续上升，纽约将成为温室效应的最大受害者之一，事实上，整个波士华地区都很危险。不过这也不是全无好处。旧金山湾的水面已经在上涨，最终将淹没数百平方英里[2]的垃圾填埋场以及自一八四八年以来倾倒进来的垃圾。至于波特兰，它和大海之间隔着八十英里和海岸山脉，所以没有受到水位上升的威胁，只有降雨太多的威胁。

俄勒冈州西部总是下雨，可如今这雨从来不停，雨量稳定，微微发热，感觉就像永远生活在天降的热汤里。

几座新城——尤马蒂拉、约翰迪以及弗伦奇格伦——位于喀斯喀特山脉以东，早在三十年前还是一片荒漠。那里的夏天依然十分炎热，但年降雨量只有四十五英寸[3]，波特兰一年的降雨量

---

[1] 约为21摄氏度。
[2] 英制面积单位，1平方英里≈2.59平方千米。
[3] 英制长度单位，1英寸＝2.54厘米。

却是一百一十四英寸。集约化农业成为可能，沙漠兴旺发达起来。弗伦奇格伦如今有七百万人口。波特兰只有三百万，而且没有增长潜力，在"前进的步伐"中被远远甩在后面。这对波特兰来说并不是什么新鲜事。落后不落后又有什么区别呢？营养不良、过度拥挤和遍地污秽的环境都是常态。旧城里患坏血病、斑疹伤寒和传染性肝炎的人越来越多，新城里帮派暴力、犯罪与谋杀事件越来越多。一个由卑鄙小人掌管，另一个则由黑手党掌管。乔治·奥尔之所以留在波特兰，是因为他生来就住在这里，还因为他没有理由相信其他地方的生活会更好，或是有什么不同。

克劳奇小姐冷淡地微微一笑，将他带进了办公室。奥尔曾经以为，精神科医生的办公室应该像兔子洞，总是既有前门又有后门。这间办公室却不是这样，他怀疑这里的病人进进出出时可能会遇到彼此。医学院的人说哈伯医生的精神科诊所很小，他基本上以做研究为主。他由此觉得这位医生是个独来独往的成功人士，医生那愉快而专横的态度也证实了这一点。不过，他今天没那么紧张了，所以看到的东西也更多。这间办公室里没有值钱东西，可见财务上并不成功，也没有破烂玩意儿，可见医生还是潜心学术的。椅子和沙发是乙烯基塑料材质，桌子则是金属外面包了一层塑料再加上木质饰面。什么东西都是假的。哈伯医生人高马大，露着一口白牙，披着马鬃似的栗色长发，用低沉的嗓音说道："下午好啊！"

这种友善不是装的，但是被夸大了。这个人的热情友好是发自内心的，然而经过职业习惯的包装，被医生这种不自然的表现给扭曲了。奥尔感觉到他希望被人喜欢，也想要帮助别人；他觉得这位医生就好像不能确定其他人是不是存在，所以想要通过帮助别人来证明他们是真实存在的。他把"下午好！"说得这么大声，是因为他从来都不确定别人是否会回答他。奥尔想说几句友好的话，可提及私事似乎又不合适，于是说道："阿富汗似乎也要参战了。"

"嗯哼，从去年八月起就有这种可能了。"他本该想到的，医生在国际事务方面肯定比他见多识广；他通常消息都不灵通，而且这消息已经是三周前的了。"我认为盟国不会因此而动摇，"哈伯继续说道，"除非它把巴基斯坦拉到伊朗这一边来。那样的话，印度就不能只是象征性地支持伊斯拉埃及了。"电视上都这么称呼新阿拉伯共和国或者说以色列联盟。"我看古普塔在德里的讲话表明他正在为这种可能性做准备。"

"一直在蔓延，"奥尔说，他很沮丧，又感觉自己没说清楚，"我说的是战火。"

"这让你很担心吗？"

"难道你不担心？"

"无所谓。"医生说着咧嘴一笑。他的脸毛茸茸的，就像是熊在笑，他则像个高大的熊之神；不过他还是小心翼翼的，昨天他就是这样。

"好吧，我担心。"哈伯并没有听到这句回答，提问者无法从问题中抽离出来假装客观——仿佛那些答案只是一个对象。但奥尔并没有把这些想法说出口，他人在医生手里，医生肯定知道自己在做什么。

奥尔总觉得人们知道自己在做什么，这大概是因为他通常觉得自己都不知道。

"睡得好吗？"哈伯问道，同时在坦马尼·霍尔的左后蹄底下坐了下来。

"很好，谢谢。"

"到梦的殿堂里再次一游如何？"他敏锐地观察着。

"好啊，我想我就是为此而来的。"

他看见哈伯站起身，绕过桌子，看见那只大手朝他的脖子伸过来，然后就没有动静了。

"乔治……"

这是他的名字。谁在喊他？不是他熟悉的声音。干燥的土地，干燥的空气，一个陌生的声音在他耳边响起。天光大亮，没有方向。无路可退。他醒了过来。

似曾相识的房间，似曾相识的人，这人身材高大，身穿宽松的黄褐色外套，蓄着红棕色胡须，一笑露出满口白牙，黑色的眼睛晦暗不明。"从脑电图仪看来，这个梦不长，但是很逼真，"那个低沉的嗓音说道，"来吧，回忆得越早，记起的越多。"

奥尔坐了起来，还觉得晕乎乎的。他在沙发上，可他是怎么到这儿的？"让我想想。内容不多。又梦见了马。在我被催眠的时候，你是不是叫我再梦到那匹马？"

哈伯摇摇头，不置可否，只是听着他说。

"嗯，梦里有个马厩。就是这个房间。角落里有稻草、食槽、干草叉，等等。马就在马厩里。它……"

哈伯的沉默充满期待，不容他回避。

"它拉了好大一堆屎。热气腾腾的棕色马屎。看起来有点像胡德山，北边还有个小山丘和其他什么的。小地毯上全都是马屎，而且要侵占到我这边了，于是我说：'这只是山的照片而已。'然后我猜我就开始醒了。"

奥尔扬起脸，越过哈伯看着他身后的壁画，那是胡德山的照片，跟整面墙一样大小。

照片上的画面宁静安详，色调相当柔和，很有艺术感：天空灰蒙蒙的，山是不起眼的棕色或红棕色，靠近山顶的地方有点点积雪，前景则是昏暗杂乱的树梢。

医生并没有看壁画，而是用那双暗淡的眼睛敏锐地注视着奥尔。奥尔讲完以后，他笑了起来，时间不长，声音也不大，但也许有点兴奋。

"乔治，我们有进展！"

"什么进展？"

奥尔觉得头发很乱，感觉自己傻乎乎的。他坐在沙发上，醒来还有点头晕，刚才他就躺在沙发上睡觉，也许还情不自禁地张着嘴、打着呼噜，与此同时，哈伯却在观察他大脑那些不为人知的舞动与跳跃，告诉他该梦见什么。他觉得自己暴露无遗，被人利用了。但目的是什么呢？

显而易见，医生全然不记得那幅壁画曾经是马，也不记得他们谈论过此事；他完全处于这个新的现实之中，他所有的记忆都指向这个现实。所以他一点忙也帮不上。可他这会儿却在办公室里大步流星地走来走去，说话的声音甚至比平时更加响亮："很好！第一，你能够按照指示做梦，也确实按照指示做梦了，你遵循了催眠暗示；第二，你对放大器的反应非常好。因此，我们可以在没有麻醉的情况下快速而高效地合作。我不想使用药物。大脑本身的所作所为远比它对化学刺激做出的任何反应都要更加迷人、更加复杂；所以我才改进了放大器，以此为大脑提供一种自我刺激的手段。大脑其实拥有无限的创意资源和治疗潜力——无论是醒着、睡着还是做梦时，只要我们能够找到打开每一把锁的钥匙。人们做梦也想不到，单单是做梦能有多大的力量！"他放声大笑起来，这种小玩笑他已经开过很多次了。奥尔也不自在地笑了笑，这话有点戳到他的痛处了。"现在我确信，你的治疗应该往这个方向进行，要利用你做的梦，而不是逃避做梦、避免做梦。我会帮助你直面恐惧，坚持到底。乔治，你害怕的是你自己的头脑。这种恐惧谁也忍受不了。但你不必忍受。你还没有看见你的头脑能给你何种帮助，还没有看到你能够以什么方式来利用它、来创造性地使用它。你所要做的就是别躲避自己的精神力量，不要压制它们，而是将它们释放出来。我们可以共同努力。你有没有觉得这话说得对、这事做得对？"

"我说不好。"奥尔说道。

当哈伯说到利用、使用他的精神力量时，他一时以为医生一定是指他通过做梦改变现实的能力；不过，如果医生是这个意思，他肯定会说清楚的吧？他知道奥尔迫切需要确认，如果能够予以确认，他不会无缘无故保留不说的。

奥尔的心一沉。服用麻醉剂和兴奋剂使得他情感失衡；他明白这一点，所以一直在努力控制自己的情绪。然而这种失望是他无法控制的。他现在才意识到，他已经给了自己一线希望。就在昨天，他还确信医生知道那幅壁画从山变成了马。在最初的震惊当中，哈伯试图掩饰自己知情的事实，这并没有令他大吃一惊，也没有让他担心；毫无疑问，就连对自己，他都无法承认这一点、拥抱这一点。奥尔花了很久才让自己面对这样一个事实：他正在做不可能的事。可他却让自己寄希望于哈伯，因为哈伯知道这个梦，而且在他做梦时，哈伯就在现场，处在中心位置，所以他也许看到了改变，也许会记得，并跟他确认。

没有帮助。没有出路。奥尔已经孤军奋战几个月了，如今也还是在原地踏步：他知道自己疯了，也知道自己没有疯，这两种感觉同时存在，相当强烈。这就足以把他逼疯了。

"你能不能，"他胆怯地说，"给我一点催眠后的暗示，让我不要做那种起作用的梦？既然你能暗示我做那种梦……这样我就可以不再吃药，至少能停一阵。"

哈伯在桌子后面坐下来，像熊一样弓起背。"我十分怀疑这么做的效果，可能连一整夜都维持不了，"他简简单单一句带过，随后那低沉洪亮的声音突然再度响了起来，"乔治，这不就是你一直在走的失败的老路吗？服药或者催眠，这仍然是在抑制做梦。你没法逃离自己的头脑。你也明白这一点，但还不愿意面对。这没关系。换个角度来看：你已经做过两次梦了，就在这里，在那张沙发上。有没有那么糟糕？有没有造成什么伤害？"

奥尔摇了摇头，他沮丧得不想开口答话。

哈伯还在继续说，奥尔努力不让自己走神。这会儿他谈到了白日梦，谈到了白日梦与夜间一个半小时做梦周期的关系，谈到了白日梦的用途与价值。他问奥尔有没有觉得哪种类型的白日梦比较适合他。"比如说，"他说道，"我经常有英雄主义的白日梦。我就是那个英雄。我在拯救一个女孩，或是宇航员同伴，或是一座围城，又或者是一整个该死的星球。梦见自己是救世主，是大好人。哈伯拯救了世界！这些梦有趣极了——只要我别让它们影响到现实生活。我们都需要通过做白日梦来提振自我，可是一旦开始依赖它，我们的现实界限就要变得摇摇欲坠了……比如有南海岛屿型白日梦——很多中年高管都喜欢这些。还有高贵受难殉道型、青春浪漫梦幻型、施虐受虐狂型，等等。大多数人会做许多类型的白日梦。我们几乎都曾经在角斗场里与狮子面对面——起码有一次吧——或是扔下炸弹消灭敌人，或是从快要沉没的船上救出丰满匀称的处女，又或者是替贝多芬写第十交响曲。你喜欢哪种类型？"

"呃——逃跑型。"奥尔说。这个人想要帮他，所以他不得不振作起来，回答他的问题："逃离。摆脱困境。"

"摆脱工作，摆脱日常琐事？"

哈伯似乎不愿意相信奥尔对自己的工作很满意。毫无疑问，哈伯野心很大，所以他很难相信一个人会没有野心。

"嗯，我是说，我更想逃离城市，逃离人群。人太多了，到处都是人。还有那些头条新闻。逃离一切。"

"南海？"哈伯问道，像熊一样咧嘴一笑。

"不。就在这里。我不是很有想象力。我幻想在城外某处拥有一座小木屋，也许就在海岸山脉，那儿还有一些古老的森林。"

"想过真的买一座吗？"

"在最便宜的地区——俄勒冈南部的荒野里——休闲用地大约要三万八千美元一英亩[1]，看得见海滩景色的地段可以涨到四十万美元左右。"

哈伯吹了一声口哨："我看出来了，你的确考虑过——那么再说回白日梦。谢天谢地，想想是不要钱的，哎！好了，你还想再来一次吗？我们还剩将近半个小时。"

"你能不能……"

"能不能什么，乔治？"

"让我继续回想。"

哈伯开始了他那种精心策划的拒绝："不行，正如你所知道的，通常会有一种机制，阻止我们在清醒时回想催眠过程中经历的一切，包括给出的所有指示，正是这种类似的机制让我们只能回想起1%的梦境。想减少这种阻碍，那就要给你太多相互矛盾的指示，这会涉及一个相当微妙的问题——你还没有梦到的梦境内容。我可以带你回顾你做的梦。你会回忆起我给的暗示，也

---

[1] 英美制面积单位，1英亩≈4046.865平方米。

会回忆起实际梦见的内容,但我不喜欢你把这两者混在一起。我想要它们一码归一码,我想清楚地知道你梦见了什么,而不是你认为自己应该梦见什么。明白吗?你知道你可以信任我。我只是想帮助你。我不会对你要求太多。我会推着你向前,但并不会太用力,也不会太快。我不会让你做任何噩梦!相信我,我和你一样,想看透它,弄明白它是怎么回事。你是个聪明的受试者,也很愿意合作,而且十分勇敢,这么久以来,你一直在独自承受如此巨大的焦虑。我们会坚持到最后的,乔治,相信我。"

奥尔并不完全相信他的话,但是他说教起来叫人无法辩驳;再说他也希望自己可以相信他。

他什么也没说,却躺回沙发上,听凭那只大手抚上他的喉咙。

"好了!你醒了!乔治,你梦见了什么?我们来回忆一下,趁热打铁。"

他有点恶心,感觉自己神思恍惚。

"梦见了跟南海有关的东西⋯⋯椰子⋯⋯不记得了。"他揉揉脑袋,又在短短的胡须底下挠了挠,深吸了一口气,他真想喝上一口凉水,"然后我⋯⋯梦见你跟约翰·肯尼迪总统一起沿着奥尔德大街向前走,我觉得那是奥尔德大街。我好像是跟在你们后面,应该是替你们当中的一位拿着什么东西。肯尼迪撑着伞——我看见了他的侧脸,跟旧的五角钱硬币上那个一样——然后你说'总统先生,您用不着打伞了',说完就从他手里把伞拿过来。他似乎对此很恼火,说了几句话,我也没听明白。不过雨确实停了,太阳出来了,于是他说:'我想你说得对,拿去吧。'……雨已经停了。"

"你怎么知道?"

奥尔叹了一口气:"等你出去就能看见了。今天下午就到这里?"

"我还准备多听一会儿呢。你也知道,反正是政府付账。"

"我已经很累了。"

"好吧,那今天就到这里。我说,你觉得我们晚上治疗怎么样?你就正常睡觉,催眠只是用来暗示做梦的内容。这样你就不用请假了,至于我呢,我有一半的时间是夜里工作;研究睡眠的人都很少睡觉!这将大大加快我们的速度,你也用不着再服用抑制做梦的药物。想不想试一下?周五晚上如何?"

"我有约了。"奥尔说道,他也被自己的谎言吓了一跳。

"那就周六。"

"好吧。"

他走了,胳膊底下夹着湿漉漉的雨衣,已经用不着穿了。肯尼迪那个梦的作用很显著。他现在感受到了效果,所以确信无疑。无论内容多么平淡无奇,从梦中醒来时他都能清楚地记得,而且感觉支离破碎、疲惫不堪,就好像刚才在奋力抵抗一股势不可当的冲击力。他自己一般是最多每个月或者每六周才做一次这样的梦。他正是由于害怕做这种梦而觉得困扰。现在因为放大器让他一直处在做梦状态下,再加上催眠暗示他要做起作用的梦,如今他已经在两天内做了四个梦,其中三个都起了作用;要是不算椰子那个梦——那更像是哈伯所谓的仅仅是图像在自言自语，那就是三个梦全都起了作用。他累极了。

天不下雨了。他步出威拉米特东塔的大门，在大厦林立的街道上抬头望去，三月的天空清澈高远。风从东面吹来，干燥的沙漠之风时不时就会让威拉米特峡谷那潮湿、炎热、灰暗的糟糕天气充满活力。

清新的空气让他的精神稍稍振奋了一点。他挺直肩膀出发了，尽管还微微有点头晕，但他尽量不去理会，头晕的缘故可能不止一个，他既疲惫又焦虑，刚才在不该睡觉的时间小睡了两次，还从六十二层乘电梯下楼。

医生是让他梦见雨停吗？又或者是要他梦见肯尼迪（这会儿他再度回想，才记起肯尼迪留着亚伯拉罕·林肯那样的胡须）？还是要他梦见哈伯本人？他无从得知。梦里起作用的部分是雨停了，天气变了，但这证明不了什么。通常情况下，真正起作用的并不是梦境中那些表面上引人注目或者特别突出的元素。他怀疑肯尼迪是他自己加进去的——原因只有他的潜意识知道，但他也确定不了。

他和数不清的陌生人一起下到东百老汇地铁站，往售票机里丢进五美元硬币，拿出车票，上了车，进入河底下的黑暗之中。

他的头更晕了，脑子也更乱了。

从河底下走：这就是件怪事，这个主意本身就很怪。

要过河，你可以蹚过去、游过去、划船过去、摆渡过去、从桥上过去、乘飞机过去；可以在奔流不息、更新不止的河水中逆

049

流而上，也可以顺流而下——这些都说得通。但是从河底下走，这个词核心含义中涉及的某些东西就有悖常理了。世上有路，人脑子里也有路，其复杂性清楚地表明，要走到这条路上，一定是当初选错了方向。

　　威拉米特河底下有九条地铁和卡车隧道，十六座桥梁横跨河上，沿河的混凝土堤坝长达二十七英里。在波特兰中部下游几英里处，威拉米特河汇入了宽广的哥伦比亚河，这两条河的防洪系统都非常发达，即便多日连降暴雨，它们的水位上涨也不会超过五英寸。威拉米特河对环境十分有用，它就像一头体型巨大的温驯牲口，身上绑着皮带链条，套着车辕、马鞍，戴着嚼子、肚带和马蹄绊。要是没有用处，它肯定会像那数百条小溪小河一样，被混凝土盖上，奔流在暗无天日的地方，从城市的山上流到街道和高楼底下。可波特兰正是因为有它才会成为港口——各种船只、长串长串的驳船以及大木筏依然在威拉米特河上来回穿梭。所以卡车、火车和少量私家汽车只能要么从河上走，要么从河下走。此刻，在搭乘地铁穿过百老汇隧道的这些人头顶上，有成吨的岩石和砾石，流淌着成吨的河水，还有一座座码头的桩子、一条条远洋轮船的龙骨、高速公路高架桥及引桥的巨大混凝土支柱、一队满载着冷冻肉鸡的蒸汽卡车、三万四千英尺高空的一架喷气式飞机以及4.3光年之外的群星。车厢行驶在黑暗的河流底下，乔治·奥尔被闪烁的荧光灯照得脸色苍白，他抓着一个摇摇晃晃的不锈钢把手，摇摇晃晃地站在上千个灵魂之中。他觉得有千钧重担压在身上，这重量在不停地往下压。他心想，我的生活是一场噩梦，我时不时会从梦中醒来睡一会儿。

在联合车站下车的人碰来撞去、你推我挤，让他打消了这多愁善感的念头，全神贯注地抓着皮带上的把手。他还是头晕，所以担心要是没抓牢就只能完全靠在别人身上，那样可能会让他恶心。

地铁又启动了，随之而来的噪声里均匀地夹杂着低沉难听的轰鸣和尖锐刺耳的啸声。

整个地铁系统建成才十五年，但它没能赶在私家车经济崩溃之前，而是刚好赶上这个时期，所以建造得又晚又仓促，用的也都是劣质材料。实际上，这些车厢是在底特律建造的；它们像它一样经久耐用，也像它一样噪声震天。作为生活在城市里的地铁乘客，奥尔压根儿就没听到这可怕的噪声。尽管只有三十岁，但他的听觉神经末梢其实已经相当迟钝，而且这种噪声反正也就是噩梦平时的背景音罢了。抓牢皮带上的把手之后，他又开始思考了。

自打他迫不得已对这门学科产生兴趣以来，大脑对多数梦境的记忆缺失问题就一直困扰着他。无意识的思考，无论是在婴儿时期还是在梦中，显然都是无法被刻意回忆起来的。但他在催眠期间也是无意识的吗？完全不是。在医生叫他睡着之前，他都是清醒的。那为什么他会想不起来呢？这让他很不放心。他想知道哈伯在做什么。就拿今天下午的第一个梦来说吧，难道医生就只是叫他再梦到那匹马吗？马粪则是他自己加上的，这就尴尬了。

又或者，如果医生明确提到过马粪，那就是另一种尴尬了。也许哈伯算是走运的，他办公室的地毯上最后没有多出一大堆热气腾腾的马粪。当然了，从某种意义上来说，马粪还是在这里：照片里的山就是。

火车尖叫着驶入奥尔德大街站，奥尔突然站直身体，仿佛有人戳了他的屁股。六十八个人推推搡搡地从他身旁往门口挤，这时他想起了那座山。那座山。他叫我在梦里把那座山放回去。所以我让那匹马把山放了回去。可如果他叫我把山放回去，那么他就知道，壁画上以前是座山，后来才变成了马。他知道。他确实看见第一个梦改变了现实。他看见了变化。他相信我。我没有疯！

奥尔喜出望外，就在他想着这些时，有四十二个人挤进车厢，离他最近的七八个人都感觉到一种或仁慈或宽慰的满足心情，虽然微弱，但很明显。没能将皮带把手从他那里抢走的那个女人脚上长了鸡眼，原本疼得钻心，这会儿她却觉得舒服了、不疼了；左边用力挤他的那个男人突然间想到了阳光；蹲坐在他正对面的那个老头儿一时间忘了自己还饿着肚子。

奥尔不是一个擅长推理的人。其实他就不会推理。他需要很久才能想明白事情，既不会在清晰坚实的逻辑冰面上一掠而过，也不会凭借想象的助力一飞冲天，只能在并不虚无的泥泞地面上步履维艰地缓慢跋涉。他没有看出事物之间的联系，据说聪明人都能看出来。但他能够感觉到这些联系——就像水管工。实际上他并不傻，他本可以多动动脑子，或者把脑子转得快一点，但是他连一半都没用到,速度也没到一半。他在罗斯岛大桥西站下了地铁,在山上走了好几个街区,然后搭乘电梯上了十八楼,来到他那间一居室的公寓里。他的住处只有93.5平方英尺[1],位于科贝特公寓大楼,这栋楼有独立产权,总共二十层,由钢筋和劣质水泥建造而成(时尚都市的平价生活!)。他将一片大豆面包放进地下的烤箱,又从墙上的冰箱里拿出一瓶啤酒,在窗前站了一会儿——为了买到外侧的房间,他可是多花了一倍价钱——抬头望着波特兰的西山,那里满是灯火辉煌的巨大塔楼,挤满了灯光与生命;最后他终于想起来:为什么哈伯医生没有告诉我,他知道我的梦起作用了?

他琢磨了好一会儿,就像在吃力地绕着它转圈,想要把它给举起来,却发现它太过笨重。

他想:现在哈伯知道那幅壁画已经变过两次,可他为什么只字不提?他一定知道我害怕自己发疯。他说他在帮我。如果他告诉我他能看见我看见的一切,告诉我那不只是错觉,那可就帮了大忙了。

奥尔慢悠悠地喝了一大口啤酒,随后想到,他知道雨停了。不过,当我告诉他雨停了的时候,他并没有去看。也许是不敢看吧。可能就是因为这个。他被这事给吓坏了,所以想要多了解一些,再把真实想法告诉我。好吧,我不能怪他。他不怕才怪呢。

---

1 英制面积单位,1平方英尺 ≈ 0.093平方米。

但是我想知道，一旦习惯了这个想法，他会怎么做……不知道他会如何让我停止做梦，如何让我不再改变现实。我必须停下，真是受够了，受够了……

他摇了摇头，转过身不再去看那一座座灯火通明、人口密集的山丘。

> 没有什么经久不变，没有什么精准确凿（除了书呆子的头脑），最低限度的不精确总是难以避免，完美不过是对此的否定而已，然而这种不精确正是生命最深层的神秘本质。
>
> ——H. G. 威尔斯《现代乌托邦》

THE LATHE OF HEAVEN

4 FOUR

福曼、埃瑟贝克、古德休与鲁蒂律师事务所所在的大楼原本是一栋停车楼,建于一九七三年,后来才改成给人用的写字楼。波特兰市中心的许多老旧建筑都这么改过。曾经有一段时间,波特兰市中心的大部分地方都是停车场。这些停车场起初大多是铺了柏油的平地,其间装有收费亭或停车计时器,然而随着人口的增长,停车场也越来越多。实际上,自动电梯式停车楼就是很久以前在波特兰发明出来的;在私家车被自己的尾气呛死之前,坡道式停车楼已经高达十五层和二十层。八十年代以来,为了腾出地方建造高层办公楼和公寓楼,很多停车楼都被拆除了;但也有一些改成了其他用途。比如这栋楼,伯恩赛德西南209号,依然散发着阴魂不散的汽油味,水泥地面被无数发动机的排泄物弄得污渍斑斑,响着回声的大厅里,车轮印被尘土封存。由于大楼以前是螺旋坡道式的结构,故而所有的楼层都有一个奇怪的倾斜度;在福曼、埃瑟贝克、古德休与鲁蒂律师事务所里,你永远无法确信自己是不是站直了。

勒拉赫小姐和珀尔先生共用一间办公室,中间用书柜和卷宗隔开,两人各占半间。这会儿勒拉赫小姐坐在书柜和卷宗的屏风后面,想象着自己是一只黑寡妇毒蛛。

她坐在那儿,有毒——坚硬闪亮,但是有毒。她等待着,等待着。

受害者出现了。

这是个天生的受害者。棕色的头发像小女孩一样,细细的,长着一点金色的胡须;柔软的白色皮肤就像鱼肚皮;柔顺、温和,说话结巴。该死!要是她踩到他身上,他甚至连吱都不会吱一声。

"嗯,我,我认为这是一个,这是一个关于,关于隐私权的问题。"他说,"我的意思是,侵犯隐私。但是我也不能确定,所以想听听建议。"

"好的,说吧。"勒拉赫小姐说道。

然而受害者说不出。他的喉咙干透了。

"你在接受自愿治疗,"勒拉赫小姐说,她看着埃瑟贝克先前送来的记录,"原因是违反了联邦对于自动售药机药品分配的管控法规。"

"是的。如果我同意接受精神病治疗,就能免于被起诉。"

"没错,这就是要点。"律师冷冰冰地说。这个男人给她的印象并不完全是愚笨低能,而是头脑简单到令人反感的地步。她清了清嗓子。

他也清了清嗓子。有样学样。

渐渐地,他犹犹豫豫地解释说他正在接受的治疗主要就是用催眠来诱导睡眠和做梦。他认为,精神科医生命令他做某些梦,这可能侵犯了一九八四年《新联邦宪法》规定的隐私权。

"嗯。去年在亚利桑那发生过类似事件,"勒拉赫小姐说,"接受自愿治疗者试图指控治疗专家给他植入了同性恋倾向。这位精神科医生当然只是使用了规范的训练技巧,原告其实是个极度压抑的同性恋者;这个案子还没上法庭,他就因为试图于光天化日之下在凤凰公园猥亵一名十二岁男童被捕。最后他被送到蒂哈查皮去接受强制治疗了。嗯,我想说的是,在提出这类指控时,你必须谨慎行事。大多数获得政府转介的精神科医生本身就很谨慎,是受人尊敬的医生。如果你能提供任何实例、任何事件,那也许可以作为真正的证据;但仅仅怀疑是不够的。实际上,你可能会因此被送去接受强制治疗,在林顿的精神病院,或是在监狱里。"

"他们能不能……就只是给我换个心理医生?"

"嗯,如果没有真正的原因,他们是不会换的。医学院把你转介给这位哈伯,他们关系很好,这你知道。要是你对哈伯提出控告,作为专家参加庭审的很可能就是医学院的人,也许就是曾经跟你面谈的那些人。他们不会在没有证据的情况下接受病人的说法,反对医生的说法。在这种案件里不会。"

"精神病的案件。"委托人悲伤地说。

"完全正确。"

他沉默了一会儿,最后抬起眼睛望着她,那双眼睛清澈、明亮,眼神里既没有愤怒,也没有希望。他微微一笑,说道:"非常感谢,勒拉赫小姐。抱歉浪费了你的时间。"

"哎,等一下!"她说。他也许头脑简单,但是看起来绝不疯狂,甚至连神经质都不像。他只是显得心灰意冷。"你也用不着这么轻易就放弃。我并没有说你没有论据。你说你想摆脱药物,但哈伯医生如今给你开的苯巴比妥比你以前自行服用的剂量还要重;这可能需要调查一下,尽管我对此表示强烈怀疑。不过,捍卫隐私权是我的拿手绝活,而且我想知道是否发生了侵犯隐私的事实。我只是说你没有把你的论据告诉我——如果你确有论据的话。具体来说,这位医生做了什么?"

"如果我告诉你,"委托人悲伤而客观地说,"你一定会以为我疯了。"

"你怎么知道我会这么想?"

勒拉赫小姐很不容易受人影响,这在律师身上是一种优秀品质,但她也知道自己说得有点过分了。

"如果我告诉你,"委托人还是那副口吻,"我做的一些梦会影响现实,哈伯医生发现了这一点并利用它……利用我的这项天赋——在未经我同意的情况下——去达到他自己的目的……你觉得我疯了。对吧?"

勒拉赫小姐双手托腮,盯着他看了一会儿,最后突然开口道:"好的。继续。"对于她的想法,他猜得很准,可她绝不会承认。再说,就算他疯了又如何?在这个世界上,有哪个神志清醒的人能不发疯呢?

他低头看了看自己的双手,显然是在整理思绪。"你看,"他说,"他有那个机器,一种类似于脑电波记录仪的装置,它可以对脑波进行某种分析和反馈。"

"你是说他是个拥有可怕机器的疯狂科学家?"

委托人无力地笑了。"我的话听起来是这样。不,我认为他作为一名研究型科学家享有很高的声誉,而且真正致力于帮助人们。我相信他无意伤害我或是任何人。他的动机非常高尚。"委托人跟黑寡妇那清醒的目光对视了片刻,又结结巴巴地说起来,"那个,那个机器。嗯,我没法告诉你它的工作原理;不过,总而言之,他用那个让我的大脑一直处在D状态——这是他的术语——指的是人做梦时那种特殊睡眠状态。这和普通的睡眠大不一样。他通过催眠让我睡着,然后打开机器,这样我就会立刻开始做梦——人一般不会这样。或者说我就是这么理解的。机器确保我做梦,我觉得它还强化了做梦状态。然后我就会梦到他催眠时叫我梦见的东西。"

"嗯。这听起来像是老派精神分析学家用简单易行的方法来分析梦境。但是他并没有分析,而是通过催眠暗示你要梦见什么?我认为他是出于某种原因在通过做梦对你进行训练。众所周知,在催眠的暗示下,人可以做任何事情,而且心甘情愿,不论他的良心在正常状态下是否会允许他这么做。自20世纪中叶以来,人们就知道这一点,一九八八年的萨默维尔诉普罗扬斯基案之后,它被写入了法律。那么,你是否有理由相信这位医生一直在用催眠术暗示你做任何危险的事情、任何你觉得在道德上反感的事情？"

委托人犹豫了："危险，是的。如果你相信梦也可能有危险的话。但他从来没有命令我去做任何事，只是叫我梦见它们。"

"那么，他暗示的这些梦在道德上让你觉得反感吗？"

"他不是……不是坏人。他是一番好意。我只是反对他把我当作一种工具、一种手段——哪怕他的目的是好的。我不能评判他是好是坏——我自己的梦曾有过不道德的影响，所以我才想要用药物来抑制做梦，结果却陷入这种困境。我想摆脱出来，摆脱药物，想要被治愈。可他不是在给我治病，而是在鼓励我。"

过了一会儿，勒拉赫小姐说道："鼓励你做什么？"

"鼓励我通过梦见与现实不同的情况来改变它。"委托人绝望而固执地说。

勒拉赫小姐又一次用双手托住下巴，盯着桌上的蓝色夹子盒看了一会儿，这是她视野的最低点。她偷偷抬头瞥了一眼委托人。他坐在那儿，还像刚才一样温顺，可现在她却觉得，要是她踩到他身上，他肯定不会粉身碎骨，也不会嘎吱作响，甚至连裂缝都不会有。他可结实着呢。

来找律师的人如果不是处于进攻状态，往往也会处于防御状态；他们自然是有目的而来——遗产、财产、禁令、离婚、拘押，等等。但是这个家伙，既不进攻也不防守，她想不通他有什么目的。他的话全无道理，可听起来又不像没有道理的样子。

"那么，"她小心翼翼地说，"他让你通过做梦所做的那些事情有什么问题?"

"我没有权力改变现实。他也无权让我这么做。"

天哪,他真的相信,这人陷得太深了。可是他这份笃定却让她上了钩,仿佛她也是在深水里游来游去的一条鱼。

"怎么改变现实?改变什么现实?举个例子给我!"她对他毫无怜悯之心;她本来应该有的,就像对病人、对精神分裂症患者、对妄想自己可以操纵现实的偏执狂那样。正如梅尔德尔总统——他的拿手绝活儿就是糟践引文——在国情咨文中所言,这是"我们这个考验人灵魂的时代里的又一个牺牲品";这个牺牲品很可怜、很倒霉,他鲜血淋漓,脑子里还有不少洞,她却对他态度刻薄。但她不想对他好。他能受得了。

"小木屋。"他想了一会儿说道,"第二次去就诊时,他问起白日梦,我告诉他,有时我会幻想在自然保护区里有块地,你知道,就像旧小说里写的那样,在乡下有个地方,一个让人可以远离尘世的地方。我当然没有这样的地方。谁会有呢?然而上个礼拜,他一定是引导我梦见我有。因为现在我真的有了。我有一座租期三十三年的小木屋,位于政府所有的土地上,在休斯劳国家森林里,距离内斯科温很近。周日我租了一辆电动车开过去看了,小木屋非常漂亮,但是……"

"你怎么就不能有间小木屋呢?这难道有违道德吗?去年他们开放了一些自然保护区,从那以后很多人都通过抽签获得了租赁权。你真是太走运了。"

"可是我没有,"他说,"谁也没有。所剩无几的公园和森林原先严格禁止开发,只允许人们在周边露营。并没有什么政府租赁的小木屋。直到上周五,我梦到有。"

"可是你看,奥尔先生,我知道——"

"我知道你知道,"他轻声说道,"我也知道。去年春天他们决定出租国家森林公园的部分地区,于是我申请了,然后抽到一个中奖号码,等等。这我全知道。但我还知道,在上周五之前并无此事。哈伯医生也知道。"

"这么说你上周五做的梦,"她嘲弄地说道,"回溯性地改变了整个俄勒冈州的现实情况,影响了华盛顿去年的一项决定,还抹去了每个人的记忆,除了你和你的医生?一个梦!你还记得梦见了什么吗?"

"记得。"他说,语气阴郁却又坚定,"我梦见了小木屋,还有屋前的小溪。勒拉赫小姐,我并不指望你相信这一切。我觉得就连哈伯医生也还没有真正理解这一点;他不愿去等待,不愿去感受。如果他理解了,可能行事会更加谨慎。你瞧,过程是这样的:要是他叫我在催眠状态下梦见屋里有只粉红色的狗,我就会照做;但是,只要粉红色的狗不符合自然规律,现实中没有这种东西,它就不可能出现在屋里。然后会怎么样呢,我要么弄一条白色贵宾犬染成粉红色,再找个貌似有理的原因让它出现,要么如果他坚持那是一条真正的粉红狗,那我的梦就得改变自然规律,让现实中有粉红色的狗。到处都有。自从更新世以来,或者自从狗第一次出现以来,它们一直都有黑色、棕色、黄色、白色和粉色的。而其中一条粉红狗会从大厅溜达进来,或者是他的牧羊犬,或者是他接待员的哈巴狗,又或者是别的什么狗。没有奇迹。合乎常情。每个梦都能彻底掩盖它留下的痕迹。等到我醒来的时候,屋里会有一只普普通通的粉红狗,它出现在这里有着完全充分的理由。没人会发觉有什么新变化,除了我——和他。我保留着两种记忆,记得两种现实。哈伯医生也是。因为改变发生时他在现场,并且他知道梦的内容。虽然他不承认他知道,但我知道他知道。对于别人来说,粉红狗一直都存在。但对于我和他而言,粉红狗存在,却又不存在。"

"双重时间线、平行宇宙,"勒拉赫小姐说道,"你是不是深夜老剧看多了?"

"没有。"委托人说,语气几乎跟她一样冷淡,"我并不要求你相信这事。无凭无据的,肯定不会要你相信。"

"那就好。谢天谢地!"

他微微一笑,几乎笑出声了。他有一张和善的脸,不知什么原因,他看起来好像挺喜欢她。

"可是你看,奥尔先生,我怎么才能得到关于你那些梦的证据呢?尤其是你每次做梦改变更新世以来的一切时都摧毁了所有证据?"

"你能不能,"他说道,突然间急切起来,仿佛有了希望,"你能不能,作为我的律师,要求参加哈伯医生对我进行的一次治疗——如果你愿意的话?"

"嗯。不是没有可能。如果有正当理由,这是可以做到的。不过你看,在可能发生侵犯隐私案件的情况下请律师到场见证,这绝对会破坏你们的医患关系。倒不是说你们的关系就很好，而是这从外界很难判断。事实是，你必须信任他，你也知道，从某种意义上来讲，他也必须信任你。如果你为了把他从你脑子里赶出去而扔给他一个律师，那他能怎么做呢？他可能是想帮你的。"

"没错。可他在拿我做实验——"奥尔没再往下说，勒拉赫小姐身体一僵，毒蜘蛛终于看见了猎物。

"用于实验？真的吗？怎么？你所说的那台机器——是实验性的？有没有得到卫生、教育与福利部的批准？除了自愿治疗的表格以及催眠同意书，你有没有签署什么豁免证书或是其他东西？都没有？那你好像就有正当理由进行投诉了，奥尔先生。"

"你能来观察一次治疗吗？"

"有可能。当然了，要走的是人权这条路，而不是隐私。"

"你肯定知道我不是想让哈伯医生惹上麻烦吧？"他说，似乎很担心，"我不想那样。我知道他是出于好意。但我是想被治好，而不是被利用。"

"如果他的动机是好的，并且对人类受试者使用实验设备，那他就应该把它当作理所当然的事，毫无怨言；如果这是合法的，他就不会有任何麻烦。这种事情我已经做过两次，都是受雇于卫生、教育与福利部。一次是在医学院观看一种新的催眠诱导剂投入实践——但是它没有效果，还有一次是在福里斯特格罗夫的研究所，观看通过暗示诱发广场恐惧症的演示，这样人们就会在人群中感到快乐。那次演示成功了，但没得到批准，我们认为它属于洗脑的法律管辖范围。我也许可以让卫生、教育与福利部指派我去调查你的医生所使用的那个设备。这样你就不会被牵扯进来。因为我根本就不是作为你的律师出现的。事实上,我可能压根儿就不认识你。我是卫生、教育与福利部的观察员,拥有美国公民自由协会的官方授权。这么一来,如果我们没有取得任何进展,那么你和他的关系还会和从前一样。唯一的问题是,我必须受邀参加你的一次治疗。"

"我是唯一一名被他使用放大器的精神病患者,他对我是这么说的。他说他还在研究它——完善它。"

"那它果真是实验性的,不论他用它对你做什么。好的。太好了。我会尽力而为。填写表格通过申请还要花上一个礼拜或者更久。"

他似乎很苦恼。

"奥尔先生,这个礼拜你不会梦见我消失的。"她说,听到自己的声音,她觉得仿佛那是从壳里发出来的,她的下颌骨也在咔嗒作响。

"即便梦到也不是我心甘情愿的。"他感激地说——不,天哪,那不是感激,那是喜欢。他喜欢她。他是个嗑药的可怜疯子,他会喜欢她的。她喜欢他。她伸出棕色的手,他用白色的手迎上来,就像她母亲总是放在她珠子盒底部那个该死的圆形小徽章,上面是黑手和白手握在一起的图案,也不知是SCNN还是SNCC,抑或是她在20世纪中期加入的其他什么组织[1]。上帝呀!

---

1 这句话中的SNCC可能指20世纪60年代美国黑人民权运动组织——学生非暴力协调委员会(Student Nonviolent Coordinating Committee)。

大道废，有仁义。
——《道德经·第十八章》

THE LATHE OF HEAVEN

FIVE

威廉·哈伯微笑着大步迈上俄勒冈梦学研究所的台阶，穿过高高的偏光玻璃门，走进凉爽干燥的空调房间。虽然才三月二十四日，但外面已经像蒸桑拿一样热了；室内的一切却是凉爽干净，一片安详。地面铺着大理石，家具并不起眼，上漆很漂亮的自动接待员在磨砂铬色的接待台后面跟他打招呼："早上好，哈伯医生！"

在大厅里，阿特伍德和他擦肩而过，他刚从研究病房出来，一整夜都在监测睡眠者的脑电图，所以两眼通红，头发也乱糟糟的；这样的工作如今有许多都交给电脑来做了，但有时候人脑仍然是必需的。"早啊，头儿。"阿特伍德咕哝道。

走进他自己的办公室，克劳奇小姐向他问好："早上好，医生！"他很庆幸去年调任研究所所长时把彭妮·克劳奇也一起带来了。她忠心耿耿，头脑还聪明；身为一个复杂的大型研究机构的负责人，他的外间办公室里需要一个忠心耿耿、头脑聪明的女人。

他大步流星地走进内室。

将公文包和文件夹扔在沙发上，他伸了伸胳膊，然后走到窗前——每次刚进办公室时他都会这样。那是一扇巨大的转角窗户，朝向东面和北面，视野开阔，一览无余：威拉米特河向群山脚下蜿蜒流去，河上建有许多桥梁；两岸伫立着这座城市里数不清的高楼大厦，被春天的薄雾染成了乳白色，高耸入云；郊区渐渐隐没在视野之外，山麓丘陵从它们那遥远的外围拔地而起；还有座座群山。胡德山高大雄伟、遗世独立，头顶云朵聚集；远处的亚当斯山向北延伸，就像一颗臼齿；接着是圣海伦斯火山完美无瑕的火山锥，从它那长长的灰色斜坡再往北看，一个光秃秃的小圆顶冒了出来，就像个婴儿在母亲的裙边张望，这是雷尼尔山。

这幅风景有鼓舞人心的作用，哈伯医生每次看到都会精神一振。下了一星期的大雨停了，大气压有所上升，太阳也在河面的薄雾之上重新露脸。他曾看过上千份脑电图的读数，所以清楚地知道大气压力和沉重心情之间存在关联，他简直能够感觉到自己的身心都要被这明亮干燥的风吹得飘起来了。必须保持这种状态，让气候持续改善，他迅速地、几乎是偷偷摸摸地想道。在他脑子里，同时有好几条思路已经形成或正在形成，这条心理笔记却不在其中。他很快就默默记下这一条，又很快将它在记忆里归档，与此同时，他啪的一声打开桌上的录音机，开始口述一封信——他所管理的科研机构与政府有联系，所以有许多信要写。这自然不是什么传世名作，但必须完成，而他就是完成这事的人。他并没有对此心怀怨恨，尽管这占用了他自己的大量研究时间。如今他通常每周只在实验室里待五六个小时，手里也只有一位病人，当然还指导着另外几位病人的治疗。

他确实保留了一位病人。毕竟他还是一名精神科医生。他当初投身于睡眠研究和梦学研究就是为了应用于治疗。他对于孤立的知识不感兴趣，那是为了科学而科学：没有用处的东西，学了也没用。实用性就是他的检验手段。他会一直保留一个病人亲自治疗，提醒自己不要忘记当初的使命是在治疗个体的紊乱人格结构这方面，不要脱离他所研究的人类现实。除人以外，什么都不重要。一个人如何被定义，完全取决于他对于他人有多大影响，取决于他的人际关系范围；道德是个毫无意义的字眼，除非将其定义为一个人对他人的善行，定义为一个人在社会政治整体中自我功能的实现。

他目前的病人奥尔将在下午四点到达，他们已经放弃尝试夜间治疗了；另外，克劳奇小姐曾在午餐时提醒他，卫生、教育与福利部有一位观察员要来观察今天的治疗，以确保放大器的操作不存在任何有违法律、有违道德、不安全和不友善之类的地方。该死，政府又要来偷看。

这就是成功带来的麻烦，公众的注意和好奇、职业嫉妒和同行竞争也随之而来。如果他仍然是一名民间研究人员，在宾夕法尼亚州立大学的睡眠实验室和威拉米特东塔的二等办公室里埋头苦干，在他决定将放大器推向市场之前，很可能压根儿没人会注意到它，他就可以随心所欲地优化和完善这个设备及其用途。如今他正在处理这项业务中最私密、最棘手的部分——对一个心理不正常的病人进行治疗，政府却派了一个律师来横加干涉，这种人对于现在的情况有一半都弄不明白，同时又误解剩下的一半。

三点四十五分，律师到了，哈伯想要立刻给对方留下热情友好的印象，便大步走进外间办公室去迎接他——却发现是她。要是对方看到你无所畏惧、愿意合作而且态度亲切，那情况就会好一些。许多医生在卫生、教育与福利部的观察员来访时都把怨恨写在脸上，这些医生可没拿到多少政府资助。

要对这位律师做到亲切热情绝非易事。她总是发出很刺耳的声音。手提包上装有沉重的黄铜搭扣，身上戴着沉甸甸的紫铜与黄铜首饰，这些东西全都叮当作响；鞋子是厚高跟的，手上戴了一枚巨大的银戒指，上面的图案是个极丑的非洲面具。她眉头紧锁，说话的声音也很生硬：咔嗒，哐啷，吧嗒……在接下来的十秒钟里，哈伯简直怀疑这整件事情其实另有隐情，正如戒指上的那句话：喧哗、狂暴恰是胆怯的表现。不过这不关他的事。他永远不会认识面具背后的这个女人，她也不会在意，只要他能给律师勒拉赫小姐留下好印象就行。

即便场面不算热情友好，情况至少没有变糟；她能力很强，曾经做过类似的事，也针对此次的特殊工作做了功课，所以知道该问什么问题，也知道该怎么听他的回答。

"这位病人——乔治·奥尔，"她说，"他并不是瘾君子，对吗？在治疗三周之后，他是否被诊断为精神错乱或是心理不正常？"

"心理不正常，一如卫生局对这个词的定义。心理严重不正常,而且有相信人造现实的倾向,但在目前的治疗下有所改善。"

按照法律规定,她带了一部袖珍录音机,正在把他们的对话全都录下来:每隔五秒钟,这东西就嘀一声。

"请描述一下你所采用的治疗方法好吗?嘀,并且解释一下这台设备在其中起到的作用。不要跟我说它的,嘀,工作原理,这在你的报告里已经写了,要说说它是干什么用的。嘀,比如说,它和电子睡眠仪或是催眠帽的用途有何不同?"

"嗯,这些设备——正如你所知道的——产生各种低频脉冲,以刺激大脑皮层的神经细胞。你可以将这些脉冲称为泛化信号,它们对大脑的影响方式基本上类似于按照关键节奏闪烁的频闪灯光,又或者像是鼓点一样的听觉刺激。放大器提供一种特定的信号,可以被某个特定区域接收到。比如说吧,你看,我们可以训练受试者随心所欲地产生阿尔法节奏,但是放大器可以诱发阿尔法节奏,无须进行任何训练,即便当时受试的状态不利于产生阿尔法节奏。通过适当放置的电极,放大器发出九个周期的阿尔法节奏,几秒钟之内大脑就能接受这种节奏并开始产生阿尔法节奏,就像禅宗佛教徒入定时一样稳定。同样地,我们也可以诱导受试者进入任何阶段的睡眠,包括其典型的周期和区域活动,这种诱导就更加有用了。"

"它会刺激快感中枢还是语言中枢?"

哦,只要提到快感中枢,美国公民自由协会的人眼中的道义之光就亮了!哈伯藏起所有的讽刺与恼火,友善而真诚地答道:"不,你瞧,它跟脑部电刺激不一样。它不会对任何中枢产生电刺激或是化学刺激，不会侵入大脑的特定区域。它只是诱导整个大脑的活动发生改变，从一种自然状态进入另一种自然状态。这就有点像是一段朗朗上口的旋律让你的脚打起拍子来。如此一来，只要有需求，大脑就会进入并维持在研究或治疗所需的状态。我称之为放大器，就是为了强调它的非创造性功能。没有任何东西是外部强加的。放大器所诱导的睡眠，与该大脑正常睡眠的类型和质量完全一致。它和电疗睡眠仪器之间的区别就像私人定制的西装和批量生产的西装。它和电极植入的区别就像——哦，天哪——一个是手术刀，另一个是大锤！"

"但你所使用的刺激是如何编制出来的？比如说吧，你是否会，嘀，把一位受试者的阿尔法节奏录制下来，然后用在另一位受试者身上？嘀——"

他一直在回避这个问题。当然，他并不想撒谎，但是在研究完成并进行测试之前，谈论尚未完成的研究是毫无用处的；这反而可能给非专业人士留下相当错误的印象。他毫不费力地开始作答，很高兴听到自己的声音响起，而不是她的严厉说话声、手镯碰撞声以及嘀声；奇怪的是，只有在她说话的时候，他才会听到那烦人的小声音。"起初我使用的是一组泛化的刺激信号，是从许多受试者的记录中取平均值得出的。报告中提到的抑郁症患者就是通过这种方法得到了成功治疗。但是我感觉效果比较随机，不如我希望的那样稳定，于是就开始进行实验。当然是动物实验。在猫身上实验。你知道，我们研究睡眠的喜欢猫，它们经常在睡觉！那么，在受试动物身上，我发现最有效的方法就是使用事先从受试者自己大脑中记录下来的节奏。这是一种通过记录进行的自动刺激。你瞧，我所追求的是特异性。大脑会立刻自发地对它自己的阿尔法节奏做出反应。自然，这在另一个研究领域也开辟了治疗前景。也许可以将一种稍微有点不同的模式逐渐加诸病人自己的模式：一种更加健康或者更加完整的模式，它可能来自病人自己先前的记录，也可能是另一名受试者的记录。在脑损伤、病变以及精神创伤的治疗当中，这种方法将大有益处；它可以帮助受损大脑在新频道重建旧习惯——这是长期以来大脑自身难以做到的事情。它也可以用来'教导'功能异常的大脑学会新习惯，等等。不过，在这一点上，这些还都只是推测，要是我回到这个领域继续研究，当然会跟卫生、教育与福利部重新报备。"这倒是真的。没必要提及他正在这个领域进行研究，因为到目前为止还没有定论，只会引起误解。"在这种治疗中，我使用记录的方式对病人进行自动刺激，除了机器运转的五到十分钟，该方式可以说是对病人毫无影响。"说到卫生、教育与福利部的律师，无论是哪一位，他对他们专业的了解都比她对他的专业了解要多；他看见她听到最后一句话时微微点了点头，这正合她的心意。

可是她随后说道："那么，它究竟起什么作用？"

"是的，我就要说到这个了。"哈伯说，随后赶紧重新调整语气，不然他的怒意就快要掩饰不住了，"在这个病例当中，受试者害怕做梦：他是个做梦恐惧者。我采取的治疗基本就是现代心理学经典传统中一种简单的条件反射疗法。我在这儿诱导他做梦，条件都是可控的；梦的内容及其对情绪的影响由催眠暗示来操控。受试者被告知，他能够安全地、愉快地做梦，等等，这是一种积极的条件反射，会让他摆脱自己的恐惧症。放大器就是实现这一目的的理想工具，它通过挑动并加强受试者自身典型的D状态活动，确保他一定会做梦。如果仅靠自己，受试者也许要花上一个半小时才能历经S睡眠的不同阶段到达D状态，对于白天的治疗来说，这个时间就太长了。此外，在深度睡眠期间，催眠的暗示对梦境内容的效力可能会部分丧失。这就比较麻烦了。当他处于条件反射状态时，有一点至关重要，不能让他做不好的梦，不能做噩梦。因此，放大器既为我节省了时间，也增加了安全系数。虽说没有放大器也可以进行治疗，但也许要花费数月之久；有了它，有可能只需要几个星期。在适合的病例当中，它可能确实可以节约大量时间，就像催眠本身在心理分析和条件反射治疗中能够节约时间一样。"

嘀——律师的录音机响了一声，当——他自己桌上的通信器发出柔和、深沉而又富于权威的声音。谢天谢地。"我们的病人这会儿到了。勒拉赫小姐，我建议你跟他见个面，如果你愿意，我们也可以聊几句；然后也许你就可以坐到角落那把皮椅上不要露面了，好吗？你的出现不应该对病人有任何影响，但如果他总是想起你在这里，那可能会严重拖慢进度。你知道，他处于相当严重的焦虑状态，喜欢把什么事都看作对他个人的威胁，继而产生一系列保护性的幻觉——正如你将要看到的那样。哦，对了，录音机也要关掉，没错，治疗过程不允许录音。好吗？好的，很好。是的，你好，乔治，请进！这位是勒拉赫小姐，她是卫生、教育与福利部的人,来这里看看放大器的使用情况。"他俩握了握手,姿势僵硬得可笑。当啷!律师的手镯撞在了一起。哈伯觉得这两人的反差很有意思:女人严厉凶狠,男人却逆来顺受、毫无个性。他们真是截然不同的两个人。

"那么,"他说,很享受这种掌控大局的感觉,"我建议我们废话少说,除非你有什么特别的想法想要先谈一谈,乔治?"他的举动看似谦逊,实际上却已经给他俩分了类:勒拉赫到远处角落的椅子上,奥尔到沙发上。"那么,好的,我们这就来做梦,顺便把实情给卫生、教育与福利部记录下来,放大器既不会让你的脚指甲松动,也不会让你动脉硬化,更不会让你在精神上受打击,它没有任何副作用,除了会让你今晚的梦态睡眠出现轻微的代偿性减少。"说完这句话,他就伸出手,几乎是漫不经心地将右手放在奥尔的喉咙上。

被他碰到时,奥尔往后一缩,仿佛此前从未被催眠过。

随后他就道了歉:"抱歉,你的动作太突然了。"

哈伯觉得有必要用V-C诱导法对他进行彻底的重新催眠,这当然是完全合法的,但是在卫生、教育与福利部的观察员面前,哈伯不想使用这种较为夸张的做法;他对奥尔的反应很是愤怒,在过去的五六个疗程里,他感觉到奥尔的反抗越来越激烈。控制住奥尔以后,他随即开始播放自己剪辑的录音带,内容就是枯燥地重复加深催眠和催眠后暗示的话语,以便重新催眠:"你现在感觉很舒服、很放松,你正在陷入更深的催眠状态。"以及诸如此类的话。播放磁带时,他回到办公桌前规整文件,脸色镇定而严肃，无视勒拉赫的存在。她也一直没有动，因为她知道催眠过程万万不可受到干扰；所以只是看着窗外的风景，看着城里的高楼大厦。

哈伯终于停止播放磁带，将催眠帽戴在奥尔头上："乔治，趁着我给你接线的工夫，我们来谈谈你要做哪一种类型的梦。你想谈这个，对吗？"

病人慢慢点了点头。

"你上一次来的时候，我们曾谈起困扰你的那些事情。你说你喜欢自己的工作，但你不喜欢搭乘地铁去上班。你总觉得有人挤你，你说——被挤压，被挤在一起。你觉得没有活动空间，就好像你没有自由。"

他停了下来，在催眠时总是沉默寡言的病人最后只是回应了一句："人口过剩。"

"嗯哼，你说的就是这个词。这是你的原话，你用这个词来比喻那种不自由的感觉。那好，我们就来谈谈这个词。你知道，早在十八世纪，马尔萨斯就曾经对人口增长感到恐慌；在三四十年前，这个问题又一次令人们恐慌不已。毫无疑问，人口确实增加了，但他们所预言的那些恐怖事件并没有发生。情况没有他们说的那么糟糕。我们在美国生活得很好，就算生活水平在某些方面不得不有所降低，但在其他方面甚至比上一代人的生活水平更高了。那么你对于人口过剩——过度拥挤——的过分恐惧反映的也许并非外在现实，而是一种内在心态。如果你在并不拥挤的时候感到挤，这意味着什么？可能你害怕的是与人接触——害怕接近别人,害怕被触碰。所以你就找了一种借口来和现实保持距离。"脑电图仪在运行,他一边说一边接好了放大器,"乔治,现在我们再多聊几句,然后当我说出'安特卫普'这个关键词,你就会入睡;醒来的时候,你会觉得神清气爽、思维敏捷。你不会记起我此刻所说的话,但你能记得自己做的梦。这个梦将会栩栩如生,逼真而又令人愉快,这是个起作用的梦。你会梦到这件让你担忧的事情——人口过剩,在梦中你会发现,你真正担心的并不是这个问题。人毕竟无法独自生活,单独禁闭是最糟糕的一种监禁!我们需要身边的人,彼此帮助,互相竞争,从而让我们的头脑越来越灵活。"他又说了不少类似的内容。律师的在场使得他深受掣肘——他不能直接告诉奥尔梦见什么,只能全部用抽象的术语来说。当然了,他不会为了欺瞒观察员而篡改自己的方法;但他的方法也并非一成不变,每个疗程他都会进行修改,以寻找确切的方式来暗示他究竟想要病人做什么梦。可他总是会遭遇到阻力,在他看来,这种阻力有时来自初级思维历程的过度刻板,有时则来自奥尔大脑明确的不听使唤。不论是何种阻力,奥尔的梦几乎从来不曾按照哈伯的设想实现过;而且这种模糊、抽象的暗示没准儿跟别的暗示一样有效,也许还能减少奥尔的无意识反抗。

　　律师原本一直在角落里注视着脑电图仪的屏幕,他便示意她过来看,然后继续说道:"你会做一个梦,在梦里你会觉得很宽敞,不拥挤。你会梦到世上有宽裕的空间,你会梦到自己可以自由地四处走动。"最后他说道:"安特卫普!"——然后指着脑电图的描记线好让勒拉赫看见它几乎是瞬间就起了变化。"注意整个图形的放缓情况，"他小声说，"有一个高电压峰值，看，又是一个……这就是睡眠纺锤波。他已经进入无梦睡眠的第二阶段——S睡眠，不论你以前见过的是哪个术语，总之这种睡眠没有生动的梦境，整夜都穿插在D状态睡眠之间。但他来到这里既然是为了做梦的，我就不打算让他睡得更深、进入第四阶段了。我这就打开放大器。你留神看那些描记线。看见没？"

"看着好像他又要醒来了。"她疑惑地低语道。

"没错！不过他不会醒来。看看他。"

奥尔仰面躺着，他的脑袋微微后仰，显得浅色的胡茬儿都凸出来了；他睡得很熟，但是嘴巴却没有放松，而是深深地叹了一口气。

"他的眼珠在眼皮底下活动，看见没？早在二十世纪三十年代，他们一开始就是这样发现了梦态睡眠的整个现象，所以多年来都称之为快速眼动睡眠，也就是REM。不过实际情况却远远不止如此。这是生存的第三种状态。他的自主神经系统被充分调动起来，就像在清醒状态下兴奋的时候一样；但他的肌肉张力却是零，而且大块肌肉比S睡眠时更加放松。他的大脑皮层、皮层下、海马体以及中脑这些区域全都和清醒时一样活跃，而它们在S睡眠时却是不活动的。他的呼吸和血压也达到了清醒时的水平，甚至还更高。来，你摸摸他的脉搏。"他用她的手指抵住奥尔放松的手腕，"脉搏是八十或者八十五。他正在经历非同寻常的事，无论那是什么……"

"你是说他在做梦？"她似乎很吃惊。

"没错。"

"这些全都是正常反应吗？"

"完全正常。这种情况我们每天夜里都会经历四五次，每次至少十分钟。屏幕上的D状态脑电图很正常。你也许能够发现的唯一异常或特别之处就是描记线上偶尔出现的最高点，这是一种头脑风暴的效应，我以前在D状态脑电图中从未见过。这种图形和我们在那些专注于某一类工作的人的脑电图中所观察到的模式有点类似，比如从事创作性或者艺术性的工作、绘画、写诗甚至是阅读莎士比亚。我还不知道这个大脑在这些时候都在干什么。但是放大器让我有机会系统地进行观察，最终分析出结果。"

"有没有可能是这台机器造成了这种效果？"

"不会。"其实他曾经试着回放其中一次峰值的描记线，以此来刺激奥尔的大脑，这个实验的结果是奥尔做的梦支离破碎，就是前一个梦的大杂烩，在此期间放大器记录下了这个峰值和现在的梦。没有定论的实验就不必提了。"实际上，既然他已经开始做梦，我就打算切断放大器了。注意观察，看看你能不能看出我是什么时候切断输入的。"她看不出。"留神看那些描记线，他也许会给我们展示头脑风暴的效应。你可能会首先从西塔节律中看到它，这个，来自海马体。毫无疑问，它在其他大脑中也是存在的。这不是什么新鲜事。要是我能查明其他大脑是哪些、处于什么状态，那么也许我就能更准确地指出这位受试者的问题是什么；他可能属于某种心理或神经生理类型。你看出放大器的研究潜力了吗？它对病人没有任何影响，只是暂时让他的大脑处于医生想要观察的任何一种正常状态。看这个！"她自然错过了那次峰值，在移动的屏幕上读取脑电图是需要练习的。"保险丝断了。他仍然在梦里……他不久就会跟我们说起这个梦。"哈伯觉得口干舌燥，说不下去了。他感觉到了：转变到来，世界生变。

那个女人也感觉到了。她一脸惊恐，拿起沉重的黄铜项链，像护身符一样紧贴在喉咙上，愕然而惊惧地凝视着窗外的景象。

这是他没有预料到的。他原本以为只有他能够感觉到变化。

可是她听见了他对奥尔说要做什么梦，当时她就站在做梦的人旁边，她也像他一样，身处事件中心。也像他一样，她转过头去望着窗外，看着那些摩天大楼如梦一般消失在眼前，一丝残迹都没有留下，绵延几英里的郊区地带也如同烟雾消散在风中。在瘟疫年代之前，波特兰这座城市曾经拥有上百万人口，这几年的疫后恢复期只剩下了十万人。和美国所有的城市一样，这里一片狼藉，但是波特兰有山有水，雾气氤氲的河上还架着七座桥，因此看起来还算统一，四十层高的第一国家银行耸立在市中心，这栋旧楼是天际线的最高点；这一切之上则是远处宁静、苍白的群山……

她也看见了变化的发生。他这才意识到自己从未想过卫生、教育与福利部的观察员会看见这一幕。他压根儿没考虑到还有这个可能。这意味着他自己并不相信这种变化，不相信奥尔在梦中的所作所为，尽管他已经十几次感受过、见到过变化的发生，带着困惑、恐惧与狂喜；尽管他曾目睹骏马变成了山峰（如果你能看到一个现实与另一个现实相互重叠的话），尽管近一个月来，他一直在测试并使用奥尔梦境的效力，他还是不相信所发生的一切。

从今天来上班的时候开始，整整一天他都没有想过，就在一个星期之前，他还不是俄勒冈梦学研究所的所长，因为当时根本没有这个机构。但是从上周五以后，这个已经成立一年半的研究所就冒了出来，他是创始人兼所长。对于他，对于所里的每一位工作人员，对于他在医学院的同事以及对于提供资助的政府，事实就是如此——他也像他们一样，全盘接受了这个现实，以为这就是唯一的真相。他明明记得，直到上周五之前，事情还不是这样，可他却将自己的记忆压制了下去。

那是奥尔迄今为止最为成功的梦。刚开始做梦时，他们还在河对岸的旧办公室，在那幅该死的胡德山照片壁画底下，梦醒时他们却是在这间办公室里……他就在那里，看到周围的墙壁发生变化，知道世界正在被重塑，却又忘记了这回事。他忘得一干二净，以至于连想都没有想过，一个陌生人——一个第三者——是否会有同样的经历。

这对这个女人会产生何种影响？她会不会明白过来，会不会失去理智，她会怎么做？她会不会像他一样保有两种记忆，既记得新的现实，又记得旧的现实？

她可千万别。那样她就会插手干预，招来别的观察员，彻底破坏实验，毁掉他的计划。

他要不惜一切代价阻止她。他转头望着她，紧握双拳，准备动武。

可她却只是站在原地，棕色的皮肤变得铁青，张口结舌，一脸茫然。她无法相信自己在窗外看到了什么。她不能相信,也不肯相信。

哈伯极度紧张的身体稍微放松了一些。看她那副困惑的模样,精神应该也大受创伤,他十分笃定,她是不会造成什么危害了。但不管怎样,他必须速战速决。

"他还要过一会儿才醒。"他说,他的嗓音听起来大致还和平时一样,不过因为喉部肌肉紧绷,所以有些沙哑。他也不知道自己要说什么,但还是开了口,只要能破除魔咒就行:"马上我会让他有个短暂的S睡眠阶段。不会太久,不然他的梦就记不清楚了。外面景色很美,是不是?一直在刮的东风真是上天的恩赐。秋冬季节,我一连好几个月都看不到山。但是等到乌云散去,它们自会出现。俄勒冈是个好地方,作为联邦里自然风光保存最完好的州,在金融危机发生之前,它并没有得到充分开发。波特兰到七十年代末才刚刚开始扩张。你是俄勒冈本地人吗?"

过了片刻,她才晕乎乎地点了点头。撇开别的不谈,他话音里那种实事求是的口气她倒是听懂了。

"我原先住在新泽西。在我小的时候,那里的环境恶化很严重。金融危机之后,人们不得不在东海岸进行拆除和清理,工作量大得叫人难以置信,直到现在还没结束。在这里嘛,除了加利福尼亚,人口过剩和环境管理不善还没有造成真正的破坏。俄勒冈的生态系统依然完好无损。"这样很危险,他们的谈话正好触及关键问题,可他却想不出还能说什么:他就好像是逼不得已,必须如此。他的脑袋已经满满当当,装着两种回忆、两套完整的信息体系：一个是（过去的）真实世界，人口接近七十亿，并且还在以几何级数增长；一个是（眼前的）真实世界，人口不到十亿，而且仍在减少。

天哪，他心想，奥尔都干了什么？

六十亿人。

他们去哪儿了？

不过这位律师可千万别想起这茬儿。千万别。"勒拉赫小姐，你去过东部地区吗？"

她心不在焉地看着他说道："没去过。"

"也好，何必费那个事。反正纽约是肯定会完蛋的，波士顿也是；总而言之，国家的未来在这里。这就是扩张的边缘。不在别处，就在这里，我小时候他们总是这么说！对了，不知道你是否认识杜威·弗思，他在卫生、教育与福利部设在这里的办事处工作。"

"认识。"她说。她还是有点晕头晕脑的，但是已经开始有所反应，表现得好像什么事也没发生过。哈伯的身体骤然松懈下来，他突然想要坐下，用力喘几口气。危机过去了。这经历太过难以置信，她拒绝相信。这会儿她在问自己，我这是怎么了？我到底为什么要看着窗外，还指望看到一座拥有三百万人口的城市？我是不是被施了什么疯狂的咒语？

当然了，哈伯心想，一个见证了奇迹的人，要是他周围的人什么都没看见，那么他也会拒绝相信自己的眼睛。

"这里有点闷。"他语带关切地说，同时走到墙边去调整恒温器,"我一般会让房间里暖暖和和的,从事睡眠研究的老人都有这个习惯,睡眠期间体温会下降,谁也不希望有很多受试者或是病人患上感冒。但这个电暖气的效果太好,这里太暖和了,我都觉得昏昏沉沉的……他应该就快要醒了。"不过他并不希望奥尔清楚地回忆起梦境,也不希望他描述出来证明这是个奇迹,"我想我会让他再多睡一会儿,他能不能记起这个梦都是无所谓的,目前他正处于第三阶段的睡眠当中。就让他睡着吧,我们也好把话说完。你还有什么想问的吗?"

"没有,我想没有了。"她的手镯叮当作响,仿佛有点迟疑。她眨了眨眼,想要恢复镇定。"如果你能把这台机器的完整说明、操作方法、当前用途以及应用结果等这些——你知道——都交到弗思先生的办公室,那就没什么事了……你为这个装置申请专利了吗?"

"申请了一项。"

她点点头:"也许值得一试。"她神思恍惚地向睡着的那人走去,身上的首饰发出微弱的撞击声。这会儿她就站在那儿看着他,瘦削的棕色脸上表情很古怪。

"你这份职业有点怪。"她出其不意地说,"研究梦,看着人们的大脑工作,告诉他们该梦见什么……你大概有许多研究都是夜里做的吧?"

"以前是。放大器也许能让我们少上点夜班,通过它,我们将来可以想什么时候让病人睡觉就什么时候让他们睡,想要研究哪种睡眠就有哪种睡眠。不过几年前有一段时间,我从没在早上六点之前上床睡觉,大约持续了十三个月。"他笑了起来,"如今我对此感到自豪。这是我创下的纪录。最近大部分夜班工作我都让员工承担了。也算是人到中年的一种补偿吧!"

"睡着的人仿佛离我们很远。"她说,眼睛依然在看着奥尔,"他们在哪儿……"

"就在这儿,"哈伯说着敲了敲脑电图仪的屏幕,"就在这儿,但是处于失联状态。这就是睡眠让人类觉得不可思议的地方。它完全是私密的。睡着的人对谁都置之不理。我这个领域有一位作家曾经说过,'个体的神秘在睡眠中表现得最为明显',不过当然了,神秘也只是因为我们尚未解开这个难题而已!他现在该醒了。乔治……乔治……醒一醒,乔治。"

他像往常一样很快就醒了,从一种状态切换到另一种状态,没有梦呓低吟,没有眼神发直,也没有再次睡过去。他坐起来,先看了看勒拉赫小姐,又看了看哈伯,后者刚刚才把催眠帽从他头上摘下来。他站起身,稍微伸了个懒腰,随后来到窗前,站在那儿向外张望。

他身材虽然瘦小,站姿却异常稳重,简直像一尊纪念碑:他纹丝不动,静得就像某种东西的中心。哈伯和那个女人仿佛被他迷住了一般,谁也没有说话。

奥尔转过身看着哈伯。

"他们在哪儿?"他说,"他们都去哪儿了?"

哈伯看见那个女人睁大了眼睛,看出她紧张起来,他知道自己危险了。说话,他必须说话!"乔治,根据脑电图,我估计,"

他听到自己的嗓音既低沉又温暖,一如他所希望的那样,"你刚才做了一个高度紧张的梦。这让人很不愉快,实际上几乎是个噩梦了。你还是头一回在这儿做'不好'的梦。对吗?"

"我梦见了那次瘟疫。"奥尔说,他从头到脚都在发抖,好像要生病一样。

哈伯点点头,他在自己的办公桌后面坐了下来。奥尔这人有种特质,对于做惯了的、已经接受的事情,他都很顺从。他走过来坐在哈伯对面那把大皮椅上,这是给访客和病人坐的。

"你有一个真正的难关需要渡过,这事并不容易。对吗?乔治,这还是我第一次让你在梦里处理真正的焦虑。这一次,按照我在催眠暗示中的指导,你接近了自己心理障碍中的深层次因素之一。这种接近很难,也很不愉快。实际上,这个梦很糟糕,对不对?"

"你还记得瘟疫年代吗?"奥尔问道,他并没有咄咄逼人,但是声音里却有一丝不同寻常的味道:是讽刺吗?他又回过头去看勒拉赫,她已经退回到了角落那把椅子上。

"是的,我记得。第一次流行病暴发时,我已经成年了。那年我二十二岁,人们在俄罗斯首次宣布,大气中的化学污染物正在结合形成有剧毒的致癌物。第二天晚上,他们公布了墨西哥城的医院统计数据,然后算出潜伏期,每个人都开始算啊,等啊。当时有骚乱,有破坏团体,有世界末日乐队,还有治安维持会。我父母就是那一年去世的。第二年,我妻子过世了。又过了一年,我的两个妹妹和她们的孩子也不在了。我认识的人全都死了。"哈伯摊开双手,"是的,我记得那些年。"他悲伤地说:"我必须记得。"

"他们解决了人口过剩的问题,对吗?"奥尔说道,这一回他的尖刻语气就很明显了,"我们真的做到了。"

"是的,他们做到了。现在人口不过剩了。除了核战争,还有别的解决方法吗?如今南美洲、非洲和亚洲已经不再长年饥荒。等到运输渠道完全恢复以后,世上就再不会有人挨饿了。他们说,有三分之一的人晚上睡觉时还是饿着肚子的;但是在一九八〇年,这个数据是92%。在印度,饿殍不再堆积如山,所以恒河如今也不发洪水了。在俄勒冈的波特兰,工人阶级的孩子不再患有蛋白质缺乏以及佝偻症。而在金融危机之前,这些情况都是存在的。"

"是在瘟疫之前。"奥尔说。

哈伯从宽大的办公桌上探过身来:"乔治,你跟我说说,现在世界人口还过剩吗?"

"不过剩了。"那人说道。哈伯原本以为他在笑,所以有点担心地往后退了退;然后他才反应过来,奥尔眼里的古怪闪光是眼泪造成的。他就快要崩溃了。那样反而更好。要是他精神崩溃的话,律师就更不愿意相信他话里和她记忆相符的部分了。

"可是,乔治,就在半个钟头以前,你还忧心忡忡、焦虑不已,因为你认为人口过剩是对文明、对整个人类生态系统的威胁。我并不指望这种焦虑会消失无踪,完全不指望。但是我相信,既然你在梦中经历了这种情形,那么你的焦虑已经有了质的改变。现在你明白，这种焦虑是没有现实依据的。焦虑虽然还在，却和从前不同：你如今知道焦虑是毫无道理的——它符合内心的欲望，而非外在的现实。这是个开始。一个好的开始。我们在一次治疗期间，只做了一个梦就完成了这么多该死的事情！你明白吗？如今你已经找到了处理整件事情的方法。原本是它压制着你，打压你，让你觉得被压迫、被挤压，现在你已经压制住了它。从现在开始，这场战斗会更加公平，因为你更加自由了。难道你没有感觉到吗？难道你没有感觉到，就在此刻，人已经少一些了？"

奥尔看看他，又看看律师，什么也没说。

好一会儿没人出声。

"你好像很沮丧。"哈伯说道，他这是在口头安慰奥尔。他想让奥尔平静下来，恢复平日那种谦逊的心态，因为在那种心态下，他是没有勇气在第三者面前谈及自己做梦成真的；要不然就让他马上崩溃，表现出明显异常。可是这两样他都没法做。"要是没有卫生、教育与福利部的观察员潜伏在角落里，我很愿意给你来一杯威士忌。不过我们还是不要把心理治疗变成纵酒狂欢的好，对吗？"

"你不想听听我做的是什么梦吗？"

"你想说就说吧。"

"我在埋葬他们。在其中一个大沟里……我确实在殡葬公司工作过，当时我十六岁，在我父母染上瘟疫之后……可是在我梦里，人们全都光着身子，看着像是饿死的。尸体堆成了山。我得把他们全部埋掉。我一直在找你，可是你不在其中。"

"不在，"哈伯安慰他道，"我还没在你梦里出现过呢，乔治。"

"哦，出现过的。和肯尼迪一起。还以马的形态出现过。"

"没错，但那是在治疗早期。"哈伯不屑一顾地说，"这么说，今天的梦确实有一些内容来自你回忆中的真实经历——"

"不。我并没有埋葬过任何人。没有人死于瘟疫。也没有发生瘟疫。这全都是我的想象。是我梦见的。"

这愚蠢的小浑蛋真该死！他已经失控了。哈伯歪着脑袋，宽容地一言不发，不去打断他；他只能这么做，要是他的举动再激烈一点，律师可能就要起疑心了。

"你说你记得瘟疫，可是你难道不是也记得根本就没有发生瘟疫，也没有人死于污染引起的癌症，人口反而持续增长？不记得？你都不记得这回事了？那你呢，勒拉赫小姐——这两种情况你都记得吗？"

听到这里，哈伯站了起来："对不起，乔治，但是我不能让勒拉赫小姐被牵扯进来。她不具备相关资质。所以她回答你是不合适的。这是精神病治疗，而她只是来这里观摩放大器的，仅此而已。这一点我必须坚持。"

奥尔脸色煞白，颧骨都显得突出了。他坐在那儿抬头直盯着哈伯，什么也没说。

"我们现在出了点问题，要解决它恐怕只有一个办法。快刀斩乱麻。勒拉赫小姐，请勿见怪，不过正如你所看见的，你就是问题所在。就目前这个阶段而言，我们的对话容不下第三者，哪怕你并没有参与进来。最好的办法就是立刻打住。我们明天四点再重新开始，乔治，可以吗？"

奥尔站起身却并没有往门口走。"哈伯医生，你有没有想过，"他说，声音不大但有点结巴，"也许，也许还有别人也会像我这样做梦？现实就在我们脚下被改变、被取代、被更新，一直如此——只是我们不知道而已？只有做梦的人知道，还有对他的梦知情的人知道。如果真是这样，那我想我们不知道，还算是幸运的。这已经把人搞糊涂了。"

哈伯和蔼可亲地安慰着他，但话却说得很含糊，将他引到门口，带了出去。

"你赶上了治疗的关键阶段。"他一边随手关上门一边对勒拉赫说，说完擦了擦脑门，让疲倦与担忧在脸上和语气里表露无遗，"嚯！有观察员在场可真是不容易啊！"

"这可真是有意思极了。"她说，手镯又叮叮当当响了几下。

"他也不是无药可救。"哈伯说道，"像今天这样的治疗就连我都会觉得特别沮丧。但他还是有希望的——真的有希望，摆脱他深陷其中的这种妄想模式，摆脱他对于做梦的这种恐惧心理。问题就在于，他的妄想模式很复杂，困在其中的头脑又很聪明，他总是能很快织出新网来困住自己……要是他早十年被送来接受治疗就好了，那时他才十几岁；不过当然了，十年前经济还没开始复苏。或者哪怕早一年也好，在他还没用药物让自己逐渐丧失对现实的认知之前。可是他服药了，而且一直在尝试，他没准儿还能完成合理的现实调整。"

天 钧

"可他没有精神病,是你说的。"勒拉赫有点疑惑地说。

"对,我说过的,说他心理不正常。当然了,如果他崩溃的话,那就是彻底崩溃,很可能是紧张性精神分裂症。心理不正常的人比正常人更易罹患精神病。"他说不下去了,话都被他说完了,变成了干巴巴的胡言乱语。他觉得自己已经滔滔不绝地讲了好几个钟头废话,现在根本控制不住了。所幸勒拉赫小姐显然也听够了,一通砰砰啪啪之后,她握了个手,走人了。

哈伯先来到沙发旁边,去取藏在墙板里的录音机——所有的治疗过程他都用它录下来:使用不发出信号音的录音机是心理治疗师和情报部门的特权。他抹去了过去一小时的录音。

随后他回到宽大的橡木办公桌后面,在椅子上坐下,打开最底下的抽屉,拿出酒瓶和酒杯,倒了一大杯波本威士忌。天哪,就在半个小时之前,波本威士忌还连影子都没有——它已经绝迹二十年了!有七十亿人口要吃饭,粮食太珍贵了,不可能拿去酿酒。人们只能喝到假啤酒,或者是纯酒精(只有医生能搞到)——他抽屉里的酒瓶在半个钟头以前装的就是这个。

他一口气把杯子里的酒喝掉一半,然后停下来向窗户那边张望。过了一会儿,他起身站在窗前看着外面的屋顶和绿树。十万个灵魂啊。夜幕降临,宁静的大河开始变得影影绰绰,但矗立在远处的巍巍群山依旧清晰可见,阳光均匀地洒在山巅。

"敬一个更美好的世界!"哈伯医生说,他举起酒杯向他所创造的一切致意,慢慢品味着喝完了威士忌。

还有很多东西等待我们去了解……我们的任务才刚刚开始,然而除了无法言喻亦无法想象的时间,我们不会得到一丝一毫的帮助。我们可能要认识到,生与死的无限旋涡是我们自己的创造与追求,永远也无法摆脱;将各个世界整合在一起的力量正是过去的种种错误;永恒的悲伤不过是永不知足、贪得无厌;只有逝去生命的不灭激情才能重新点燃一个个燃烧殆尽的太阳。

——拉夫卡迪奥·赫恩[1]《来自东方》

---

1 拉夫卡迪奥·赫恩(Lafcadio Hearn,1850—1904),作家,出生于希腊,成为日本公民后,改名为小泉八云。

天　钧

6 SIX

乔治·奥尔的公寓在一栋木结构老房子的顶层,位于科贝特大街,往山上走几个街区就到了。这儿在城里属于比较破旧的地方,多数房子都有上百年或者更久远的历史。他家里有三个大房间和一间浴室,浴室里还有个带爪形支撑脚的深浴缸,从窗户往外望,在屋顶的缝隙间可以看见河流,船只、游艇、木筏、海鸥以及盘旋飞舞的鸽群在河上来来往往。

他自然清楚地记得自己另一套公寓的样子,那是只有93.5平方英尺的一居室,有抽拉式烤箱和气垫床,沿着铺有油毡的走廊走到尽头就是公用浴室。这间公寓在科贝特公寓大楼的十八楼,可是这栋大楼从未被建造过。

他在惠蒂克大街下了电车,先上山,再走上黑漆漆的宽敞楼梯;他进了屋,把公文包扔在地上,人倒在床上,放松下来。他感到既害怕又痛苦,既疲惫又迷茫。"我得做点什么,我得做点什么。"他一直在疯狂地对自己这么说,却不知道该怎么做。他从来都不知道该怎么做。他总是做看似想做的事情，做下一件该做的事情，不问问题，不强迫自己，也不去担心。可自打开始服药以后，他就不再这么确信无疑了，如今他已经误入歧途。他必须采取行动，他非得采取行动不可。他一定不能让哈伯再把他当成工具一样利用。他必须将命运掌握在自己手里。

他摊开双手看着它们，然后把脸埋进去，泪水打湿了他的手。哦，该死，该死，他苦涩地想，我是个什么样的人？胡子上挂着眼泪？难怪哈伯会利用我。不然他又能怎么办呢？我毫无力量，毫无个性，天生就是个工具。我也没有命运。我只有梦。如今梦也是别人在做了。

我一定要摆脱哈伯，他想，我要努力坚强起来、果断起来。可即便他是这么想的，他也知道自己不会这么做。哈伯已经让他上钩了，而且不止一个钩。

哈伯曾经说过，一个如此不同寻常甚至是独一无二的梦境构造对研究来说非常宝贵：奥尔将对人类知识做出巨大的贡献。奥尔相信这是哈伯的真心话，也知道他在说什么。在他看来，这一切当中与科学有关的方面才是唯一有希望的；他觉得没准儿科学可以从他这古怪而可怕的天赋中发掘出一些用处，用它做点好事，也算对它造成的巨大伤害进行一点补偿。

比如谋杀了六十亿并不存在的人。

奥尔觉得头痛欲裂。他往开裂的深脸盆里放进冷水，然后将整张脸浸在里面，每次持续半分钟，他的脸涨得通红，眼睛也看不见，湿漉漉的，就像个新生的婴儿。

哈伯对他固然有道德上的约束，但他真正被哈伯抓住把柄的则是法律问题。如果奥尔停止自愿治疗，他就可能因为非法获取药物受到起诉，并被送进监狱或精神病院。无路可逃。可是如果他不停止，只是减少治疗并不予合作，哈伯照样有办法胁迫他：只有他开了处方，奥尔才能拿到抑制做梦的药物。如今他比以往任何时候都更加担心自己会不由自主、不受控制地做梦。以他目前的状态，以及他已经被训练得每次在实验室里都能做梦成真，他不愿意去想，如果不在催眠强加给他的理性约束下就做梦成真的话，情况会是什么样。那会是个噩梦，比他刚刚在哈伯办公室里做的那个噩梦更加糟糕；他对此十分确信，所以不敢让这种事情发生。他必须服用药物抑制做梦。这件事他知道自己是必须做的，非做不可。可是只有哈伯给他开药，他才能有药吃，所以他必须跟哈伯合作。他被拿住了，就像陷阱里的老鼠，为了疯狂的科学家在走迷宫，可是没有出路。没有办法，没有办法。

如果他并不是个疯狂的科学家呢，奥尔丧气地想，而是相当理性，或者说曾经相当理性。正是我的梦让他有机会获得权力，所以他才变得扭曲了。他一直在演戏，而且演的还是非常重要的角色。所以如今就连科学也被他当成了手段而非目的……但他的目的是好的，对吧？他希望改善人类的生活。这有错吗？

他的头又开始疼了。他把脸浸在水里的时候，电话响了。他急急忙忙擦干脸和头发，回到黑漆漆的卧室，摸到了电话："你好，我是奥尔。"

"我是希瑟·勒拉赫。"一个温柔而可疑的女低音说道。

他心里升起一股毫不相干的欢喜之情，就好像有棵树从他腰间生长起来，刹那间在他头脑里开了花。"你好。"他又说了一遍。

"你想不想哪天见面谈谈这事？"

"好啊。当然想。"

"那好。我不希望你认为那个机器——放大器——的使用有任何问题。那看来是完全符合要求的。它在实验室里经过大量试验，他做了所有该做的检查，走了所有该走的程序，而且还在卫生、教育与福利部登记注册了。他是个真正的专家，这个是肯定的。你第一次跟我说起的时候，我还没反应过来他是谁。只有非常优秀的人才能到他这个位置。"

"什么位置？"

"政府资助的研究所所长！"

他喜欢她这种说话方式，虽然言辞激烈、语气轻蔑，但开头往往都是一句柔弱且具有安抚性的"那好"。对方还没开始行动，她就先发制人地挫败了他们的计划，让他们无依无靠地挂在虚空之中。她是勇敢的，非常勇敢。

"哦，是的，我明白。"他含糊地说。奥尔拥有小木屋的第二天，哈伯医生当上了所长。他俩曾经进行过一次通宵治疗——唯一的一次通宵，小木屋的梦就是在那期间做的。对于梦境内容的催眠暗示不足以支撑他做一整夜的梦，到凌晨三点，哈伯终于放弃了，他给奥尔接上放大器，那天夜里余下的时间都在向他输入深层睡眠的波形，这样他俩都能放松一下。但是在第二天下午的治疗中，奥尔做了一个很漫长、很混乱、很复杂的梦，他一直都没有彻底搞清楚自己究竟改变了什么，也不知道那一次哈伯又干了什么好事。他入睡时还在那间旧办公室里，醒来却到了俄勒冈梦学研究所：哈伯给自己升职了。但是还不止如此——自从那个梦以后，下雨的天气似乎稍微少了一点；也许还有其他事情也被改变了。他也说不准。他曾经抗议过在这么短的时间里做这么多发生效力的梦。哈伯立刻同意不对他逼得这么紧，然后一连五天没有喊他来治疗。哈伯终究还算是仁慈的。另一方面，他也不想杀掉下金蛋的鹅。

鹅。说得太对了。用来形容我再完美不过了，奥尔心想。一只该死的白鹅，既无趣又愚笨。勒拉赫小姐说的话他有几句没听见。"对不起，"他说，"有的话我没听见。我觉得我现在有点迟钝。"

"你没事吧？"

"没事，挺好，就是有点累。"

"你做了一个让人难过的梦，关于瘟疫的，对吗？醒来以后你脸色很不好。每一次治疗之后你都是这样吗？"

"不，不是每次都这样。这是个不好的梦。我想你也看出来了。你刚才是在安排我们见面的事吗？"

"是的，我刚才说周一一起吃午饭。你在城里工作，对吧，在布拉德福德公司？"

虽然有点惊讶，但他记起自己确实是在这家公司。博纳维尔-尤马蒂拉的大型水利工程并不存在，那原本是向约翰迪和弗伦奇

103

格伦这些巨型城市供水的,但是这些城市也不存在了。俄勒冈没有大城市,除了波特兰。他也不再在区里从事绘图员工作,而是任职于市中心的一家私营工具公司,他的办公室在斯塔克大街。当然。"是的。"他说,"我的午休时间是一点到两点,我们可以在安可尼大街的戴夫餐厅碰面。"

"一点到两点可以的。那就在戴夫餐厅。我们周一在那儿见。"

"等一下。"他说,"我问你,你愿意——你不介意把哈伯医生说的话告诉我吧,我是说,在我被催眠时他告诉我要梦见什么?你全都听到了,对吧?"

"听到了,但是我不能说,那样就干扰了他的治疗。要是他想让你知道,他会告诉你的。我不能说,那样是有违职业道德的。"

"我想你说得对。"

"是的,很抱歉。那我们周一见?"

"再见。"他说,一阵沮丧和不祥的预感突然排山倒海而来,还没等听到她道别,他就挂上了听筒。她帮不了他。她很勇敢,也很强大,但还不够强大。也许她看到了或是感觉到了变化,却把它放在一边,拒绝相信。为什么要相信呢?这种双重记忆是一个沉重的负担,她没有理由去承担,也没有动机去相信一个满口胡言乱语、声称自己做梦能成真的疯子,哪怕只相信片刻的工夫。

明天是周六。他还要去接受哈伯的治疗,时间很长,从四点到六点，或者更久。无路可逃。

　　该吃饭了，可是奥尔不饿。卧室里屋顶很高，天色已经昏暗下来，但他没有开灯，客厅的灯也没有开，他已经在这儿住了三年，却从来不曾抽时间给客厅配上家具。他溜达着走进客厅。窗外灯火辉煌、河水潺潺，空气中弥漫着尘土和早春的气息。屋里有一个木质框架的壁炉、一架缺了八个琴键的老旧立式钢琴和一张十英寸高的破旧日式竹桌，地上铺着许多碎地毯块，一直铺到壁炉边。黑暗轻轻降临在光秃秃的松木地板上，地板既没有打过蜡，也没有被清扫过。

　　乔治·奥尔直挺挺地趴在这柔和的黑暗之中，木地板的灰尘气味扑鼻而来，硬邦邦的地面支撑着他的身体。他静静地趴着，但是并没有睡着；这不是在睡觉，而是比睡眠更加遥远，那里没有梦。他以前就去过那个地方。起来以后，他吃了一片氯丙嗪就上床睡觉了。这个礼拜哈伯还给他开了吩噻嗪看看效果，这些药似乎很有效，能够让他在需要的时候进入D状态，但削弱了梦境的强度，让它们无法上升到成真的程度。好虽然好，但哈伯说药效会减弱，就像其他那些药一样，直到最后效果全无。没有什么能让人一直不做梦，他曾经说过，除非这人死了。

　　至少今天晚上他睡得很熟，就算做了梦，那些梦也是转瞬即逝，毫无分量。他一直睡到星期六将近中午才醒。起床后他来到冰箱前，打开门朝里望，站在那里想了好一会儿。他从没见过谁家冰箱里有这么多食物。那辈子从没见过。在那辈子，他曾经跟七十亿人共存，食物的品质不好就算了，而且从来没有够吃过。就连鸡蛋都是每个月的奢侈品——"今天我们产卵了！"他那个没办理结婚手续的妻子拿回配给他们的那份鸡蛋时总会这么说……怪的是，在这辈子里，他俩——他和唐娜——并没有试过婚。在如今的后瘟疫年代，法律上压根儿没有试婚这回事，只有完完整整的婚姻。在犹他州，因为人口出生率依然低于死亡率，出于宗教和爱国的因素，他们甚至打算重新开始实行一夫多妻制。不过他和唐娜这一次没有办理任何结婚手续，只是同居而已，但是也没有持续多久。他的注意力又回到冰箱里的食物上。

他不再像生活在七十亿人的世界里那样骨瘦如柴，事实上，他体格相当结实。但是他吃起饭来就像饿坏了一样，大吃了一顿——水煮蛋、黄油吐司、凤尾鱼、牛肉干、芹菜、奶酪、核桃、冷比目鱼涂蛋黄酱、生菜、腌甜菜、巧克力饼干——在架子上找到什么就吃什么。这一番狂饮暴食之后，他觉得身体舒服多了。他喝着真正的咖啡而非代用品时想起一件事来，不由得咧开嘴笑了。在那辈子，也就是昨天，我做了一个成真的梦，在梦里抹去了六十亿条人命的痕迹，改变了过去这二十五年的整个人类历史。但是在这辈子，在我随后创造的这辈子，我并没有做过成真的梦。我当时在哈伯的办公室，没错，我还做了梦，但我没有改变任何事情。一直以来都是如此，我只是做了一个关于瘟疫年代的噩梦。我什么问题也没有，所以不需要治疗。

他以前从未这样考虑过，此刻想来觉得很有趣，于是咧嘴笑了，但也没有特别开心。

因为他知道自己还会做梦的。

已经两点多了。他洗漱完毕，找出雨衣（全棉的，在那辈子可算是奢侈品），出发步行去研究所，也就几英里远，经过医学院以后继续往上走，进入华盛顿公园。他自然也可以乘电车去，但是电车好半天才有一班，而且还绕道，反正他也不赶时间。走在三月温暖的雨中，穿过一条条冷清的街道，感觉还是挺惬意的；树木正在长出新叶，栗树也快要开花了。

　　金融危机和致癌的瘟疫在五年内让人口减少了五十亿，接下来的十年又减少了十亿，世界上各个文明国家的根基虽然被动摇了，但最终还是完好无损。这并没有从根本上改变任何事情——只是数量有变化。

　　空气污染依然严重且无可救药：这种污染早在金融危机之前数十年就开始了，实际上正是污染直接导致了金融危机。如今它对任何人都没有太大的伤害，除了新生儿。瘟疫的类白血病变种依然会选择病人，可以说考虑很周到了，它会从每四个新生婴儿中选出一个，让这孩子活不过六个月。存活下来的人几乎不会再得癌症了。不过他们还有别的灾祸。

　　沿河没有工厂冒烟，也没有汽车尾气污染空气；仅有的少量汽车要么使用蒸汽动力，要么使用电池。

　　但是鸣禽也没有了。

　　瘟疫的影响随处可见，它依然在流行，却没能阻止战争的爆发。事实上，在某些地区，战争反而比之前那个比较拥挤的世界更加残酷。与此同时，圣地成了一片废墟，在战争的中心地区，平民住在地下的洞穴里，坦克和飞机向空中喷射火焰，霍乱在水中传播，爬出洞穴的婴儿被凝固汽油弹炸瞎了双眼。

奥尔在一个角落的报摊上看到有个新闻标题说，他们还继续在约翰内斯堡屠杀白人。暴动已经结束很多年了，南非居然还在屠杀白人！人可真倒霉……

他爬上波特兰那些灰蒙蒙的小山丘，受过污染的雨水轻轻落在他没戴帽子的脑袋上，感觉暖暖的。

这间办公室里有一面巨大的转角窗户，可以看见外面的雨景，他开口说道："哈伯医生，请你不要再利用我的梦来改善现实了。这没用。这样是不对的。我想要治好我的病。"

"这就是治愈你的先决条件，乔治！你想要被治好。"

"你没有回答我的问题。"

这个大块头男人就像洋葱，剥开一层又一层的人格、信仰和回应，数不清有多少层，既剥不完，也看不到中心。他从不曾主动停下，也从不曾被迫停下，更不曾说过"我在这儿呢！"。没有本质，只有一层又一层。

"你在利用我那些成真的梦改变世界，但你却不肯对我承认你是这么干的。你为什么不承认？"

"乔治，你必须意识到，你提出的问题从你的角度看可能很合理，但是从我的角度看几乎就是无法回答的。我们对现实的看法不一样。"

"差不了多少，还是可以谈的。"

"是的，幸好如此。但也并非一直都能问能答。现在还不行。"

"我可以回答你的问题,我也确实是这么做的……但是不管怎样,你看,你不能再继续改变现实、试图主宰万物了。"

"你说的就好像这是某种普普通通的道德义务。"他看着奥尔,一边露出和蔼可亲、若有所思的笑容,一边摸着自己的胡须,"但是实际上,这不就是人活着的目的吗——有所作为,改变现实,主宰万物,塑造一个更好的世界?"

"不是!"

"那人是为什么活着?"

"我不知道。万物并不是为了什么而活,也不是说这宇宙就像一台机器,每个部件都有它有用的功能。星系哪有什么功能?我不知道我们活着有没有目的,我看这也没什么大不了。重要的是,我们是其中一部分,就像布匹中的一根线,就像田野里的一片草叶。它是一部分,我们也是。我们的所作所为就像风吹过草地。"

短暂的沉默过后,哈伯答话了,他的口气已经不再和蔼可亲、安抚人心或是充满鼓励,而是几乎没什么感情,带着一丝可以察觉的轻蔑。

"作为一个在犹太教-基督教-理性主义的西方世界里成长起来的人,你的观点太过消极了。有点像是天生的佛教徒。乔治,你有没有研究过东方神秘主义?"最后这个问题的答案显而易见,这就是公然在嘲笑他。

"没有。我对此一无所知。但我知道,强行改变万物的运行规律是不对的。这不管用。我们已经错了一百年。难道你——难道你没看到昨天发生的事？"

那对浑浊的黑眼睛直视着他的眼睛。

"乔治，昨天发生了什么事？"

没办法了。没办法逃脱了。

哈伯在给他注射硫喷妥钠，以减少他对催眠程序的抗拒。他顺从地看着针头滑进手臂上的静脉，感觉到一瞬间的刺痛。他只能如此，别无选择。他从来都没有选择。因为他只是一个做梦的人。

药效还没起来，哈伯到别处去办点事；但是只一刻钟的工夫他就回来了，兴致勃勃，心情愉快，对他的感受全不在乎。"好的！乔治，我们继续吧！"

虽然很沮丧，但是奥尔清楚地知道今天自己要做什么：战争。报纸上写的都是这个，在来这里的路上，就连奥尔这种不关心新闻的人脑子里想的也都是这个。近东地区的战争越来越激烈。哈伯要结束这场战争。他肯定也会结束非洲的杀戮。因为哈伯生性仁慈。他想为人类创造更美好的世界。

只要目的正当，就可以不择手段。可如果从来就没有目的呢？我们有的只是手段。奥尔躺在沙发上，闭上眼睛。那只手摸着他的喉咙。"乔治，你将会进入催眠状态。"哈伯用那低沉的嗓音说道，"你要……"

黑暗。

一片黑暗。

天还没有黑透，田野里已是暮色苍茫。一丛丛树木看起来黑乎乎、湿漉漉的。最后一丝微弱的天光照着他走的这条路，这是一条破旧的乡间公路，又长又直，柏油都裂开了。一只鹅走在他前面，离他大约有十五英尺，他只能看见一团一颠一颠的模糊白影，时不时还听到它嘎嘎叫几声。

星星出来了，白得就像一朵朵雏菊。在公路右侧，一颗大星绽放出光芒，它低垂在黑漆漆的田野上方，颤巍巍，白花花。当他再一次抬头看它的时候，发现它变得更大更亮了。它在增大，他心想。它不仅越来越亮，似乎还越来越红。它在变红变大。他觉得眼睛花了。一条条蓝绿色小光带在它周围嗖嗖地飞来飞去，绕着它做布朗运动[1]。一个巨大的乳白色光环在大星星和小光带外围有规律地跳动着，虽然微弱却清晰，就像脉搏的跳动。他看见这颗大星一下子亮了许多，突然变得刺眼，嘴里说着"哦，不要，不要，不要！"，然后就跌倒在地。天上迸发出一道道死亡的光线，他用双臂护住脑袋，却没法转脸趴下，他必须亲眼见证。大地上下摇晃起来，一条条颤动的巨大褶皱从地表穿过。"不管了，不管了！"他大声尖叫着转开脸不再去看天空，在皮沙发上醒了过来。

他坐起身，将脸埋进汗津津的颤抖的双手里。

随即他就感觉到哈伯的手重重落在他肩上。"这次又是噩梦？该死，我以为会帮你卸下重负。叫你做一个关于和平的梦。"

"我做了。"

---

[1] 悬浮在液体或气体中的微粒所做的永不停止的无规则运动，为英国植物学家罗伯特·布朗首先发现。

"但它依然让你觉得不安？"

"我刚才在观看太空大战。"

"观看？从哪里看？"

"从地球上。"他将梦的内容简要复述了一下，但是没有提起那只鹅，"我也不知道是他们拿下了我们中的一个还是我们拿下了他们中的一个。"

哈伯笑了："真希望我们能看见那里的情况！那样我们会更有参与感。不过这些冲突发生的速度很快，距离很远，人类的肉眼是肯定看不到的。毋庸置疑，你的描述比现实要生动得多，听起来就像一部优秀的七十年代科幻片。我小时候经常去看这种电影……可我的暗示是和平，你觉得你为什么会梦到战斗场面呢？"

"只有和平？梦到和平——你就只说了这个？"

哈伯没有立刻答话，他在忙着操纵放大器。

"好的，"他最后说道，"这一次我们试验一下，让你把暗示和梦境进行一个对比。也许我们就能知道它为什么反其道而行之了。我刚才说——算了，还是放磁带吧。"他来到一块墙板前面。

"你把整个治疗过程都录下来了？"

"当然。这是心理治疗的常规操作。你不知道吗？"

它藏在墙板里，不会发出信号音，你也没有告诉我，我怎么会知道呢，奥尔心想，不过他嘴上什么也没说。也许这是常规操作，又或许这是哈伯的傲慢自大，然而无论是哪一种情况，他都无能为力。

"好的，应该就在这里。现在进入催眠状态，乔治。你是——注意！乔治，不要睡过去！"磁带嗞嗞响着。奥尔摇摇头，又眨眨眼。最后这几个支离破碎的句子自然是哈伯在磁带里说的话，而他体内仍然有许多催眠诱导药物。

　　"我得跳过一部分。好的。"现在又是他在磁带里的声音了，他说："——和平。人类不再相互进行大屠杀。伊朗、阿拉伯半岛和以色列不再打仗。非洲不再有种族灭绝行动。各国不再储备核武器及生物武器，随时准备用来对付其他国家。人们不再研究杀人的方法和手段。这是一个和睦的世界。和平是地球上的普遍状态。你会梦到这个和睦的世界。现在你要睡觉了，听到我说——"他突然停下了磁带播放，免得这个关键词让奥尔睡着了。

　　奥尔摸了摸脑门。"嗯，"他说，"我服从了你的指示。"

　　"很难说。你梦到了发生在地月之间的太空大战——"哈伯的声音戛然而止，就像录音带停得一样突然。

　　"地月之间。"奥尔说，他突然觉得有点对不起哈伯，"我们以前不说这个词儿，在我睡觉的时候。伊斯拉埃及的情况怎么样了？"

　　这是旧现实的生造词，在这个现实里说出来，有种奇特的震撼效果。就像超现实主义，你说它有意义吧，它实际上又没有，你说它没意义吧，实际上又有。

　　哈伯在这个长长的气派房间里走来走去，有一回还用手摸了摸他那卷曲的红棕色胡子。这个动作是他精心设计的，奥尔很熟悉，等到他开口时，奥尔发觉他在仔细斟酌措辞，这一次他不敢再滔滔不绝地做即兴演说了。"这就怪了，你把保卫地球作为和平、作为战争结束的象征或隐喻，这也不是不合适，就是太隐晦了。但梦都是很隐晦的。无比隐晦。外星人的敌意毫无来由，事先没有任何沟通就大举进犯，事实上正是这种迫在眉睫的危险、正是这种威胁迫使我们停止自相残杀，将领土范围扩大到全人类，将我们的武器联合起来对付共同的敌人。如果外星人没有出击，谁又知道现在会是什么情况？我们没准儿还在近东地区打仗呢。"

"刚出油锅，又入火坑。"奥尔说道，"哈伯医生，这就是你从我这里得到的一切，难道你没有发现吗？你看，并不是我想要碍你的事或者挫败你的计划。结束战争是个好主意，我完全赞成。上次选举时我甚至给孤立主义者投了票，因为哈里斯承诺会让我们从近东地区解脱出来。但是我猜我无法——或者说我的潜意识无法——哪怕只是想象一个没有战争的世界。它最多只能用一种战争代替另一种。你说过的，人类不再相互残杀。所以我就梦到了外星人。你自己的想法合情合理，但你试图利用的是我的潜意识，而不是我这个理性的大脑。也许从理性上讲，我可以想象人类的各个民族不再试图相互残杀，实际上从理性的角度来说，这比想象战争的动机还要容易。但你处理的是超出理性的事情。你想要推动进步，达到人道主义的目标，然而你使用的工具却不适合这份工作。谁会做人道主义的梦？"

哈伯没有说话，也没有做出任何反应。于是，奥尔又继续说:"又或者并不是我这个潜意识的、非理性的大脑,而是我这个人从头到脚都不适合这份工作。也许正如你所说的,我是个失败主义者,太过消极。我没有足够的欲望。也许这与我拥有这种——这种让梦境成真的能力——有关;但如果不是这样,那就可能还有其他人也能做到这一点,想法和你更加相近的人,你跟他们合作起来会更好。你可以测试一下,我不可能是唯一一个,也许我只是碰巧意识到了这一点而已。但我不愿意这么做。我想要脱身。我承受不了。我是说,你瞧,近东地区的战争已经结束六年了,这很好,但是现在外星人来了,在月亮上。要是它们登陆地球怎么办?你以和平的名义从我的潜意识里挖出了什么样的怪物?就连我自己都不知道!"

"没人知道外星人长什么样,乔治。"哈伯心安理得地说,"我们都做过关于外星人的噩梦,天知道!但是正如你所说,从它们当初登陆月球到现在已经过去六年了,它们仍然没有来到地球。我们的导弹防御系统迄今为止都是完全有效的。如果它们以前没有突破,那么也没有理由认为它们现在会突破。危险时期就是最初那几个月,那时候以国际合作为基础的防御还没有调动起来。"

奥尔坐了一会儿,肩膀耷拉下来。他想要对着哈伯大喊:"骗子!你为什么要对我说谎?"但是这种冲动并不强烈,所以它无疾而终。据他所知,哈伯是没办法诚实的,因为他在欺骗自己。也许他将自己的大脑分成了互相隔绝的两半:在其中一半,他知道奥尔的梦改变了现实,并且利用了这些梦达到自己的目的;在另一半，他知道自己正在使用催眠疗法和梦境宣泄疗法治疗一位精神分裂症患者，此人相信自己的梦改变了现实。

哈伯竟然会因此逃避与自己的交流，奥尔觉得很难理解；他自己的大脑对这种分裂十分抵触，所以他不是马上就能在别人身上发现像这样的分裂。但他以前就知道这种情况是存在的。他在一个由政客统治的国家长大，这些人派飞行员操纵轰炸机去杀死婴儿，就为了让孩子们能够在一个安全的世界里成长。

但那是旧世界的事了。如今这个新世界里没有这种事。

"我快崩溃了，"他说，"你必须明白这一点。你是一位精神科医生。难道你看不出我就要崩溃了吗？外星人从外太空来攻击地球！你瞧，如果你叫我再做一个梦，你会得到什么？也许会得到一个完全疯狂的世界，那是疯狂大脑的产物。怪兽、鬼魂、巫师、神龙、变形的怪物——所有的传说奇谈，所有儿时恐惧的东西、夜里害怕的东西以及噩梦。你怎么才能让这一切不至于失控？我是没法阻止的。我自己都失控了！"

"别担心失控不失控了！自由才是你的目标。"哈伯突然激动起来，"自由！你的潜意识大脑并非恐怖与堕落的洼地。那是维多利亚时期的观点，极具破坏性。它严重损坏了十九世纪大多数最优秀的头脑，并且在二十世纪上半叶一直阻碍着心理学的发展。别害怕你的潜意识！那不是噩梦的黑洞。绝对不是！那是健康、想象力与创造力的源泉。我们所说的'邪恶'是由文明产生的，它的约束和压制扭曲了人格自发、自由的自我表达。这就是心理治疗的目的——消除那些毫无根据的恐惧与噩梦，将无意识的东西带到理性意识的光芒下,客观地进行审视,然后发现其实没什么可怕的。"

"但可怕的东西确实是存在的。"奥尔柔声说道。

哈伯最终还是让他走了。他来到外面,走进春日的黄昏,在研究所门前的台阶上站了一会儿。他双手插在口袋里,看着下方城市的盏盏街灯,雾气与暮色模糊了灯光,它们仿佛在眨眼、在移动,小小的银色外形就像黑漆漆的水族馆里那一条条热带鱼。一辆有轨电车哐啷哐啷地爬上陡峭的山坡,向位于华盛顿公园顶部的回车道驶去,那正好在研究所的前面。他来到街上,趁着电车转弯的时候上了车。他的步伐躲闪不定,却又漫无目的,就像在梦游,仿佛受人驱使一般。

幻想，实为处于模糊状态的思想，与睡眠毗连，但界限分明，互不混淆。大气中居住有透明的生物，这是未知的开端；但跨出这一步，便出现了可能的世界的广阔通道。里面，有别的生物，有别的现象。这绝不是超自然主义，而是无穷的大自然隐秘的延伸……睡眠与可能的世界——我们也称之为不算真实的世界——相交。夜世界也是一个世界。作为夜的存在，夜也是一个宇宙……未知世界的那些渺茫的事物变成了人的邻居，或许是因为有了真正的交流，或许是因为未知世界的遥远居民中有一个粗鲁的幻想者……睡眠中的人，既不是完全的通灵者，也不是绝对没有意识，隐隐约约地看到了那些怪诞的动物、奇特的草木、狰狞或扮着笑脸的苍白的幽灵，看到了那些鬼魂、魔面、妖影、蛇怪，看到了那些模糊不清的东西，没有月亮的月光，在黑暗中肢解的怪物，在深重的混沌中生长、缩小的生命，在冥界中游荡的影子。所有这一切神秘的东西，我们称之为梦，它不过是接近看不见的现实的途径。梦是黑夜的水族馆。

——维克多·雨果《海上劳工》[1]

---

[1] 引自许钧译《海上劳工》，译林出版社2012年版。

7 SEVEN

三月三十日下午两点十分,有人看见希瑟·勒拉赫离开安可尼大街的戴夫餐厅,然后向南走上第四大道,她拿着一个带有黄铜搭扣的黑色大手提包,身穿红色乙烯基雨衣。当心这个女人。她很危险。

她倒不是无论如何都要见到那个该死的可怜疯子,但是见鬼,她讨厌在服务员面前出丑。正是午餐时间的客流高峰,她占着一张桌子长达半个钟头——"我在等人""对不起,我在等人"——结果没有人来,还是没有人来,最后她只好点了餐然后匆匆忙忙吃下去,现在她只觉得烧心难受。除此之外,她还觉得愤愤不平、百无聊赖。哦,法国人的灵魂通病。

她左转来到莫里森大街,然后突然停了下来。她到这儿来做什么?这条路到不了福曼、埃瑟贝克与鲁蒂律师事务所。她赶紧回头往北走了几个街区,穿过安可尼大街,来到伯恩赛德,然后又停了下来。她到底在干什么啊?

她这是在去往伯恩赛德西南209号的改造停车楼。什么改造停车楼？她的办公室位于莫里森大街的彭德尔顿大楼，是金融危机后波特兰的第一座写字楼。事务所在十五楼，装饰采用新印加风格。改造停车楼是什么玩意儿，谁会在改造停车楼里上班？

她沿着伯恩赛德继续往前走，边走边看。没错了，就在这里。楼上到处都是"该死的"标语。

她的办公室以前就在三楼。

她站在人行道上，抬头望着这座废弃的大楼，看着它那微微倾斜的怪异楼板和狭窄窗缝，心里生出一种很奇怪的感觉。上周五的心理治疗期间到底发生了什么事？

她一定要再见见那个小浑蛋。那个什么奥尔先生。午餐他失约了，可是那又如何，她还是有些问题想问他。她大步向南走去，咔嗒咔嗒，张牙舞爪，来到彭德尔顿大楼，从办公室给他打电话，先打到布拉德福德公司（他不在，奥尔先生今天没来上班，不，他也没打电话来），然后又打到他的住处（丁零零、丁零零、丁零零……）。

也许她应该再给哈伯医生打个电话。但他可是大人物，在山上的公园里管理着梦之宫殿。而且她还想道：哈伯是不该知道她和奥尔之间有联系的。说谎者掉进自掘的陷阱，就像蜘蛛困在自己结的网中。

那天晚上奥尔没有接电话，七点没接，九点没接，十一点还是没接。周二上午他没去上班，下午两点也没有去。到了周二下午四点半,希瑟·勒拉赫离开她位于福曼、埃瑟贝克与鲁蒂律师事务所的办公室,搭上电车,在惠蒂克大街下了车,上山来到科贝特大道,找到那栋房子,按响门铃——雕花玻璃门那油漆剥落的门框上有一小排脏兮兮的门铃按钮,可能已经被人按过无数次了,她按的就是其中一个。这栋房子在一九○五年或是一八九二年也曾风光一时,从那以后就迎来了困难时期,虽然它正在走向毁灭,但不慌不忙,还带着几分肮脏的华丽。奥尔家的门铃没有人应。她又按响了管理员M.阿伦斯的门铃。按了两次以后,管理员来了,起初很不配合。但是有一件事黑寡妇很擅长,那就是恐吓较小的昆虫。管理员带她上楼,试着拧了拧奥尔的门把手。门开了。他没锁门。

她往后退了一步,因为她猛地想到屋里可能有人死了。而且她也不该来这儿。

管理员可不在乎私有财产,径直闯了进去,她也不情不愿地跟在他身后。

房间宽敞破旧、空荡荡的,光线昏暗,一个人也没有。她竟然会想到屋里可能死了人,真是荒谬。奥尔没有多少东西,他家既不像有些单身汉那样邋里邋遢、凌乱不堪,也不像另一些单身汉那样整整齐齐、有条有理。从他家里几乎看不出他的个性,可是她看见他生活在这里,一个安安静静的人,过着安安静静的日子。卧室的桌上摆着一杯水,里面有一小枝白色的石楠花[1],水已

---

1 石楠花的英文为heather,和"希瑟"同名。——编者注

经蒸发了大约0.25英寸。

"我也不知道他上哪儿去了。"管理员气呼呼地说,然后向她求助,"你以为他出事了?还是怎么了?"管理员身穿饰有流苏的鹿皮外套,蓄着一头"水牛比尔"那样的长发,戴着他年轻时的水瓶座徽章项链——显而易见,他已经三十年没换过衣服了。他说起话来有种鲍勃·迪伦的风格,哼哼唧唧像在告状。他身上甚至还有大麻的气味。老嬉皮士永远不死。

希瑟和善地看着他,他的气味让她想起了自己的母亲。她说:"也许他到海岸那边的房子去了。实际上,他的情况不太好,你知道的,他在接受政府提供的治疗。如果他一直不回来,会有麻烦的。你知不知道那座小木屋在哪里,或者他在那边有没有电话?"

"我不知道。"

"我可以借用你的电话吗?"

"用他的呗。"管理员说着耸了耸肩。

她给俄勒冈州立公园的一个朋友打了电话,请他查一查休斯劳国家森林里已经被抽中的那三十四座小木屋,然后把位置告诉她。管理员在旁边转来转去,偷听她打电话,等她打完了,他说道:"上面认识人,是不是?"

"确实很有用。"黑寡妇发着咝咝声答道。

"希望你能找到乔治。我喜欢那家伙。他还借用了我的购药卡呢。"管理员说完突然大笑了一声,这笑声随即就消失了。希瑟走的时候,他正郁郁寡欢地靠着大门口那油漆剥落的门框,仿佛

天　钧

他和这栋老房子在互相扶持。

希瑟乘电车回到城里,在赫兹租车公司租了一辆福特蒸汽车,然后驶上99-W高速公路。她觉得很开心。黑寡妇在追捕猎物。为什么她没去当侦探而是傻乎乎地当了个该死的三等民权律师?她讨厌法律。学法律需要人积极自信。她不是这种人。她的个性奸诈狡猾,还很害羞,就像鳞片一样滑不溜秋。她有法国人的灵魂通病。

小车很快就驶出了城市,曾经沿着西部高速公路绵延数英里的脏乱郊区如今已不复存在。在八十年代的瘟疫时期,有些地区的存活率还不到二十分之一,郊区就不太适合居住了。远离大超市,汽车无油可加,周围牧场那些错层式的房屋里都是死人。没有帮助,没有食物。一群群象征社会地位的大型犬——阿富汗猎犬、德国牧羊犬以及大丹犬——在长满牛蒡和车前草的草坪上狂奔。落地窗裂开了。谁会来修补破碎的玻璃?人们挤回到老城区的核心地带;郊区在遭到洗劫之后,立刻就被烧毁了。就像一八一二年的莫斯科,是天灾也好,是人祸也罢:不需要了就烧掉。在肯辛顿西住宅区、西尔万橡树庄园以及山谷景观公园的旧址上,在这些火烧过的土地上,杂草大片大片疯长着,蜜蜂用它们可以酿出最好的花蜜。

图拉丁河如同丝绸一般流淌在树木丛生的陡峭河岸之间,她过河的时候,太阳已经下山了。过了一会儿,月亮升起来了,几乎是一轮满月,道路向南延伸,黄色的月亮就伴在她左边。这让她很不安,每到拐弯的地方都要回头看看。如今与月亮对视已经不再是件愉快的事。它既不象征着千百年来无法企及的目标，也不象征着近几十年已经达到的目标，而是象征着失去。它是一枚被偷走的硬币，是对着自己的枪口，是天幕中的一个圆洞。月亮被外星人占领了。它们的第一次侵略行动——人类第一次注意到它们在太阳系的存在——就是攻击月球基地，在那场可怕的谋杀中，有四十人被闷死在气泡穹顶里。与此同时，就在同一天，它们摧毁了俄罗斯的宇宙空间站——这个怪异而美丽的东西就像一颗巨大的蓟草种子在绕着地球轨道运行，俄罗斯人原本还打算从这里出发去火星。瘟疫消退才不过短短十年，彻底崩溃的人类文明就像凤凰一般浴火重生，进入地球轨道，登陆月球，登陆火星，然后就遭遇了这种事。无形无声、毫无理由的暴行。宇宙的愚蠢敌意。

　　高速公路开通以后，人们对普通道路的养护就不比从前了，路上有些地方崎岖不平、坑坑洼洼的。希瑟驾车穿行在月色朦胧的宽阔山谷里，时不时就会达到最高限制时速（四十五英里），她四次还是五次越过了亚姆希尔河，又穿过了邓迪和大龙德这两个村庄——其中一个还有人居住，另一个则已经废弃，像凯尔奈克一样一片死寂——最后终于来到山里，来到森林里。古老的木制路标上写着"范杜泽森林走廊"，这里从很久以前开始就不允许伐木了。并不是所有的美国森林都变成了购物袋、错层住宅和周日早上的连载漫画。有一部分被保留了下来。右边有一条岔路：休斯劳国家森林。这里不像该死的林场那样净是树桩和病苗，而是原始森林。高大的铁杉将月光皎洁的夜空都染黑了。

天　钩

汽车大灯那暗淡的灯光淹没在枝繁叶茂的黑暗里,她要找的路标几乎都看不见了。她又转了个弯,慢慢地沿着车辙颠簸而行,经过几座小圆丘,走了一英里左右,她终于看见了第一座小木屋,月光洒在木瓦屋顶上。这时已经八点多了。

小木屋建在一块块空地上,彼此之间相距三四十英尺;树砍得不多,不过灌木丛都被清理掉了,她刚搞清楚这个格局,就看见了被月光照亮的一个个小屋顶以及小溪对面的一组小屋。这么多房子里,只有一扇窗户亮着灯。早春的周二晚上并没有多少人来度假。打开车门,她被小溪响亮的流水声吓了一跳,那是永不停歇的放声咆哮,那是绝不妥协的永恒赞美!她走向那间亮灯的小木屋,一路上在黑暗中只绊倒了两次,然后看到有辆车停在屋子旁边——赫兹公司的电动车。如果屋里不是他可怎么办?也有可能是一个陌生人。哦,好吧,见鬼,反正他们也不能吃了她,对吧。她敲了敲门。

过了一会儿,她默默咒骂着又敲了一次。

小溪在大喊大叫,森林却不声不响。

奥尔开了门。他的头发一绺一绺地打着结,眼里布满血丝,嘴唇干巴巴的。他盯着她,眨了眨眼,一副堕落颓废的样子。她有点怕他。"你病了吗?"她严厉地问。

"没有,我……进来吧……"

她得进屋。富兰克林炉边有一根拨火棍,她可以用它来自卫。当然了,如果他先拿到那根拨火棍,也可以用它来攻击她。

哦,天哪,她几乎跟他一样高,而且身材结实得多。真是胆小鬼。"你嗑药了?"

"没有,我……"

"你什么?你怎么了?"

"我睡不着。"

小木屋里有股木材燃烧和新鲜木头的气味,还挺好闻的。屋里的全部家当就只有一个带双眼灶的富兰克林炉、满满一箱桤木树枝、一柜一桌一椅和一张行军床。"坐下来。"希瑟说,"你看起来糟透了。你要不要喝点酒,或者去看看医生?我车里还有点白兰地。你最好跟我一起走,我们到林肯城去找个医生看看。"

"我没事。就是想睡觉。"

"你刚才说你睡不着。"

他红着眼睛、睡眼惺忪地看着她:"我不能让自己睡觉。怕睡着了。"

"哦,天哪,你这样多久了?"

"大概从周日开始的吧。"

"你从周日到现在都没睡觉?"

"也许是周六?"他怀疑地说。

"你吃药了吗?兴奋剂?"

他摇了摇头。"我也睡了一会儿。"他清楚地说,然后似乎睡着了片刻,就像他已经九十岁了似的。就在她难以置信地看着他时,他又醒了过来,神志清醒地说道:"你到这儿是来找我的吗?"

"我还能找谁?拜托,难道我是来砍圣诞树的吗?昨天的午餐你失约了。"

"哦。"他瞪起眼睛,显然是想看见她。"抱歉,"他说,"我的脑筋不太正常。"

说着说着,他突然恢复了常态,尽管头发和眼睛看着还跟疯子一样——他的人格尊严隐藏得太深,几乎都让人看不出了。

"没关系。我无所谓!可你在逃避治疗——是不是?"

他点点头。"你要喝点咖啡吗?"他问。这不仅仅是尊严。是完整性?整体性?就像一块未经雕刻的木头。

不受约束,无关表演,未经雕琢,这是个不可限量的绝对整体,拥有无限可能:他只是他自己,但他又是一切。

她一眼就看出他的本质,在这种洞察中最打动她的则是他的力量。她从没见过比他更坚强的人,因为他稳居核心、绝不动摇。所以她才喜欢他。她总是会被力量吸引过去,就像飞蛾扑向光明。她小时候得到过很多爱,但她身边缺少力量,从来没有人可以依靠:人们都依靠她。三十年来,她一直渴望遇到一个不用依靠她的人,一个永远不会依靠她的人,一个不能依靠她的人……

现在她找到了,他身材矮小,两眼充血,精神错乱,躲在这里,这就是她的靠山。

生活真是最不可思议的一团乱麻,希瑟心想。你永远猜不到接下来会怎样。她脱下外套,奥尔从橱柜的架子上拿了一个杯子,又从碗柜里拿了一罐牛奶。他给她端来一杯浓咖啡:97%的咖啡因,3%不含咖啡因。

"你不喝吗?"

"我喝得太多了,觉得烧心。"

她的心已经完全偏向他了。

"来点白兰地怎么样?"

他似乎很动心。

"它不会让你睡着。能让你兴奋一点。我去拿过来。"

他用手电筒照着路,陪她回到车上。小溪大声呼喊,树木沉默不语,月亮在头顶怒目而视,那是外星人的月亮。

回到小屋,奥尔倒了一小杯白兰地,尝了一口。他打了个寒战。"好喝。"他说着一饮而尽。

她赞许地看着他。"我总是会带一瓶白兰地,"她说,"塞在车上的手套箱里,不然的话,如果警察把我拦下来叫我出示驾照,看到我包里有酒,这可就有意思了。但我基本上是随身带着。有趣的是,它每年都会有几次派上用场。"

"所以你才会带那么大的手提包。"奥尔带着酒意说道。

"没错!我来给我的咖啡里加点白兰地,也许能把咖啡冲淡一点。"她同时也给他的杯子倒满了酒,"你是怎么做到六七十个小时不睡觉的?"

"我也不是完全不睡觉。只是没有躺下来。坐着也能睡一会儿,但是不会真的做梦。你得躺下来,让大肌群可以放松,这样你才能进入梦态睡眠。这是我在书上看到的。挺管用的。我还没有真正做过梦。但是没法放松,你就会再次醒来。最近我好像出现幻觉了,觉得墙上有东西在扭动。"

"你不能再这样下去了!"

"是的,我知道。我只是想摆脱,摆脱哈伯。"他停了一下,似乎又进入了昏昏欲睡的状态,然后傻笑了一声。"我能想到的唯一解决办法,"他说,"就是自杀。可我不想这么做。这好像不太对头。"

"这当然不对头!"

"但我必须想办法阻止它。必须有人来阻止我。"

她跟不上他的思路,她也不想跟上。"这地方不错。"她说,"我已经有二十年没闻到过木头燃烧的香气了。"

"会污染空气。"他说着无力地笑了笑。他似乎已经快要失去知觉了;但她注意到他依然笔直地坐在行军床上,甚至都没有背靠着墙。他眨了几次眼。"你敲门的时候,"他说,"我还以为是在做梦。所以我过了半天才来。"

"你说这个小木屋是你在梦里给自己的。对于做梦来说,这有点太朴素了。你为什么不在萨利希给自己弄个海滩小屋,或者在佩尔佩图阿海角给自己一座城堡?"

他摇了摇头,皱起眉。"这就够了。"他又眨了几次眼,然后说道,"发生了什么事。你发生了什么事。周五那天。在哈伯办公室里。那次治疗期间。"

"我来就是想问你这个!"

听到这话他振作起来:"你当时知道——"

"我想是的。我是说,我知道有事发生。从那以后,我就一直试着用一组轮子在两条轨道上运行。星期天我在自己公寓里撞到墙上了!看见没?"她给他看她额头上的一处瘀青,棕色的皮肤底下发着黑,"那堵墙现在就在那儿,可它以前又不在那儿……你是怎么能一直忍受这种事的?你怎么知道东西在哪里?"

"我不知道,"奥尔说,"我全都稀里糊涂的。就算这是注定要发生的,它也不该如此频繁地发生。这太过分了。我已经分不清自己是疯了还是只是无法处理这些相互矛盾的信息。我……这……你是说你真的相信我?"

"不然我还能怎么办?我看见这座城市发生了变化!当时我就在望着窗外!你用不着以为是我愿意相信。我不信,我试着不去相信。天哪,太可怕了。可是那个哈伯医生,他也希望我不信,对吧?他肯定是说了一些花言巧语。可是后来,我听到你醒来时说的话;再然后我撞到墙,办公室也走错了……我就一直在想,周五以后他是不是又梦到了别的事,一切又都变了,可是我却不知道,因为我不在现场,我就一直在想哪些事情变了,还在想有没有什么东西是真实的。哦,该死,太糟糕了。"

"就是这样的。听着,你知道那场战争吧——近东地区的战争?"

"我当然知道。我丈夫就死于那场战争。"

"你丈夫?"他似乎大受打击,"什么时候的事?"

"就在他们停战的三天前。也就是德黑兰会议和中美签订协议的两天前。外星人毁掉月球基地的一天后。"

他看着她,似乎很震惊。

"怎么了?哦,见鬼,这都是陈年旧事了。发生在六年前,快七年了。要是他活着,我们这会儿也已经离婚了,这段婚姻糟糕透顶。你瞧,这不是你的错!"

"我已经不知道什么是我的错了。"

"好吧,反正吉姆的死肯定不是你的错。他是个高大英俊的黑人,这浑蛋不走运,二十六岁当上空军上尉,这么个大人物却在二十七岁被击落了,你不会以为战争是你发明的,对吧,人类已经打了几千年了。在周五之前,在另一条路线上,战争也同样发生了,当时世界上还挤满了人。都是一样的。只不过那是在战争初期……不是吗?"她的声音低沉下来,变得柔和了,"上帝呀。那是在战争初期,而不是刚好在停火前夕。那场战争一直在继续。现在也还没有结束。其实没有……没有什么外星人——对吗?"

奥尔摇了摇头。

"是你在梦里把它们想象出来的吗?"

"他叫我梦见和平。世界和平,人与人之间友好相处。于是我就让外星人出现了。给我们一个斗争的目标。"

"不是你。是他那个机器干的。"

"不,勒拉赫小姐,没有那台机器,我也能做得很好。它只是给他节约了时间,让我马上就能做梦。不过他最近在设法对它进行改进。他很擅长改进东西。"

"请叫我希瑟。"

"这个名字真好听。"

"你的名字是乔治。那次治疗的时候,他一直喊你乔治,就好像你是只很聪明的贵宾犬或是恒河猴。乔治，躺下。乔治，梦见这个。"

他笑了。他的牙齿很白，笑声很愉快，让人不再觉得混乱与困惑。"他不是在跟我说话，是在跟我的潜意识说话。你瞧，那就像是狗或者猴子，为他所用。它没有理智，但是经过训练就能表演。"

他说话时从来不曾流露出一丝一毫的苦涩，无论他说的事情多么叫人难过。真的有人没有怨恨、没有仇恨吗？她不知道。真的有人从来不会对宇宙使性子吗？真的有人能识别罪恶、抵制罪恶却完全不受它的影响吗？

当然有。而且无数人都是如此，有活着的，也有死去的。那些带着纯粹的同情心回归命运之轮的人、那些走在不该走的道路上却不自知的人、亚拉巴马州的佃农之妻、秘鲁的昆虫学家、敖德萨的磨坊工人、伦敦的菜贩、尼日利亚的牧羊人、在澳大利亚某处干涸的河床边磨尖木棍的老人，以及其他所有人。我们每个人都认识他们。他们人数众多，足以让我们坚持下去。也许吧。

"听着，告诉我，这件事我得弄清楚：你是在去找哈伯治疗以后才开始做……"

"成真的梦。不是，在找他之前就有。所以我才去找他治疗。我害怕那些梦，所以用非法的手段获取镇静剂来抑制做梦。那时候我不知道该怎么办。"

"那昨天和前天你为什么要保持清醒而不是吃点药呢？"

"周五晚上我的药就吃完了。我在这儿没法开药。可我又必须逃走。我想彻底摆脱哈伯医生。情况远比他愿意了解的更加复杂。他以为我能把事情解决好。他试图利用我来解决问题，可他又不肯承认；他说谎是因为他不愿意往前看，他对事实不感兴趣，对真实的东西也不感兴趣，他什么也看不到，除了他自己的心思——他觉得一切应该是什么样子。"

"好吧，作为律师，我恐怕帮不了你。"希瑟说道，没太跟上他的思路；她喝了一小口自己的咖啡白兰地——这玩意儿要是让吉娃娃喝上一口，它都能长出毛来。"他的催眠指示并没有任何可疑之处，这我能看得出来，他只是叫你不要担心人口过剩什么的。如果他决定隐瞒他利用你的梦来达到特殊目的这一事实，那他也是能够做到的；通过催眠，他可以确保你在有别人监视的情况下不做成真的梦。我不明白他为什么要让我见证一个这样的梦。你确定他自己也相信这些梦吗？我弄不懂他。但是不管怎么说，律师是很难介入精神科医生和病人之间的，尤其那位医生还是个大人物，病人又是个认为自己可以梦想成真的疯子——不，我不希望法庭上出现这种情况！不过听着，难道你就没有办法让自己不为他做梦吗？也许吃点镇静剂？"

"在接受自愿治疗期间，我是没有购药卡的。他得开处方才行。反正他的放大器能让我做梦。"

"这的确侵犯了隐私，但是还不能立案……听着，要是你在梦里改变了他，那会怎么样？"

奥尔带着蒙眬睡意和白兰地的醉意注视着她。

"让他更和善一点——嗯，你说他很和善，说他是一番好意。可他渴望权力。他找到了一个好办法，既能统治世界，又不用承担任何责任。那好，你就让他变得不那么渴望权力。梦见他是个真正的好人。梦见他是尽力在治愈你，而不是利用你！"

"可我不能选择自己的梦。谁也不能。"

她的情绪低落下来："我忘了。接受这个事实以后，我就一直以为这是你可以控制的事情。但是你控制不了。你只是去做了。"

"我什么也没做。"奥尔郁闷地说，"我从来都没有做过什么。我只是做梦。然后就这样了。"

"我来给你催眠。"希瑟突然说。

接受了一个难以置信的事实，她觉得很兴奋：如果奥尔做梦管用，还有什么是不可能管用的呢？打从中午到现在，她什么也没吃，咖啡白兰地的劲有点大。

他又盯着她看了几眼。

"我以前给人催眠过。读法律预科的时候，我在大学里修过心理学课程。在同一门课程中，我们都是既当催眠者又当被催眠者。我当被催眠者的时候很一般，但是很善于给其他人催眠。我给你催眠，然后暗示你做一个梦，关于哈伯医生的梦——让他不再伤害你。我会告诉你就梦见这个，没有别的。明白吗？这样是不是很安全？在目前的情况下，这是我们可以尝试的最安全的法子了。"

"我对催眠有抵触。我以前不是这样的，但他说我现在是这样。"

"所以他才对你使用迷走神经-颈动脉诱导法吗？我讨厌看

到那种场景,就像是杀人。我做不到那样,毕竟我不是医生。"

"我的牙医以前就用催眠录音带,挺管用的,起码我觉得管用。"他绝对是在说梦话,没准儿会说个没完没了。

她轻声说道:"听起来你抵触的是催眠者,而不是催眠本身……我们还是可以试一试。如果管用的话,我可以在催眠以后暗示你做一个小小的——你管它叫什么来着?——成真的梦,关于哈伯的。然后他就会向你坦白,尽力帮助你。你觉得这样能行吗?你会相信吗?"

"至少我能睡一会儿。"他说,"我……得睡一阵子。我觉得自己今天熬不了通宵。要是你觉得你能催眠的话……"

"我觉得我可以。不过,我说,你这里有吃的吗?"

"有。"他昏昏欲睡地说。过了一会儿,他才清醒过来。"哦,有的,抱歉。你没吃饭。为了赶到这儿来。这里有一条面包……"他在碗柜里摸索着,拿出了面包、人造黄油、五个水煮蛋、一个金枪鱼罐头还有几片不新鲜的生菜。她找到了两个锡制的馅饼盘、三把不一样的叉子和一把水果刀。"你吃了吗?"她问。他也不确定吃没吃。于是他们一起吃了一顿,她坐在桌旁的椅子上,他站着。站起来似乎让他恢复了活力,事实证明他饿了,而且很能吃。他们不得不把所有的东西都分成两半,就连第五个鸡蛋也是如此。

"你人挺好的。"他说。

"我?为什么这么说?因为我到这儿来了,你是这个意思吗?哦,见鬼,我吓坏了。就在周五世界发生变化那一会儿!我得搞明白。你瞧,你做梦的时候,我正在看着我出生的那家医院,就在河对岸,然后突然之间,它不在那儿了,而且从来没有存在过!"

"我还以为你是从东部来的。"他说。这会儿他说话都说不到点子上了。

"不是。"她一丝不苟地把金枪鱼罐头吃干净,还舔了舔刀,"我出生在波特兰。到现在已经两次了。在两家不同的医院。上帝呀!不过都是在这里土生土长的。我父母也都是本地人。我父亲是黑人,我母亲是白人。这就有点意思了。他是个真正激进的黑人民权主义者,那会儿是七十年代,你懂的,而她则是个嬉皮士。他来自阿尔比纳一个接受福利救济的家庭,没有父亲,她是波特兰高地一名公司法律顾问的女儿,从大学里退了学,还吸毒,他们以前常做的那些事她也都干过。他俩是在一次政治集会——示威游行——上认识的。那会儿示威游行还是合法的。然后就结婚了。但是他没能坚持多久,我说的是整个处境,不仅仅是婚姻。我八岁那年,他去了非洲。我想是去了加纳。他认为自己的族人最初是从那里来的,但是其实他也不清楚。自打有人知道的时候开始,他们就住在路易斯安那州,勒拉赫是奴隶主的名字,来自法语。它的意思是胆小鬼。我高中时学的是法语,因为我有个法语名字。"她偷偷地笑着说:"总之,他就这么走了,可怜的伊娃简直崩溃了。我是说我妈。她从来都不希望我叫她妈妈或是妈咪什么的,这就是中产阶级核心家庭的控制欲。所以我叫她伊娃。我们在胡德山上住过一段时间,类似于公社的地方,哦，天哪！那里冬天可真冷！但是警察把它给解散了，说这是一个反美阴谋。从那以后她差不多就是靠乞讨过活了，要是她能用到别人的转轮和窑炉，她就会做出漂亮的陶器，不过多数时候她都是在小商店和餐馆之类的地方帮忙。那些人经常互相帮助。真的帮了很多。但她始终戒不了毒，她已经上瘾了。她曾经戒了一年，然后又复吸了。她活过了瘟疫，可是三十八岁那年用了一个脏针头，结果丧了命。如果不是她的家人露了面并且继续照顾我，那可就完蛋了。我以前甚至连见都没见过他们！他们送我去念大学和法学院。每年平安夜我都会去他们那里吃晚餐。我是他们装点门面的黑人。不过我跟你说，真正让我生气的是，我也不知道自己是什么肤色。我是说，我父亲是黑人，一个如假包换的黑人——哦，他有一点白人血统，但他是黑人——我母亲则是白人，我就什么都不是。你看，我父亲其实是恨我母亲的，因为她是白人。可他也是爱她的。但我觉得她爱他的黑人身份远甚于爱他这个人。好吧，那我算什么？我一直没弄明白。"

"棕色皮肤的人。"他站在她椅子后面轻声说。

"屎的颜色。"

"泥土的颜色。"

"你也是波特兰本地人吗？该我问你了。"

"是的。"

"我听不见你说话，那该死的小溪太吵了。我本来以为野外应该是静悄悄的。你接着说！"

"可我现在有这么多个童年，"他说，"我该跟你说哪一个呢?有一个童年,我父母在瘟疫的第一年就去世了。还有一个童年,瘟疫根本就没有发生。我也不知道……哪一个都不是很有趣。我是说,没什么好说的。我所做的一切都是为了活下去。"

"嗯,这才是最重要的事情。"

"生存变得越来越难了。先是瘟疫,现在又来了外星人……"他有气无力地笑了一声,她回头去看他,发现他一脸疲倦与痛苦。

"我没法相信它们是你在梦里想象出来的。我就是做不到。它们让我害怕了这么久,六年了!可是一想到这个,我就知道是你干的,因为另一条时间线——或者管它是什么——里并没有它们。但是实际上,它们并没有比可怕的人口过剩更加糟糕。以前我住的公寓小得可怜,还和另外四个女人同住,在一栋职业女性公寓里,上帝呀!还要坐可怕的地铁,我的牙齿都坏掉了,也没有什么像样的东西可以吃,吃得半饱都不够。你知道吗,那时候我的体重只有一百零一磅[1],现在我有一百二十二磅。从周五以来,我长了二十一磅!"

"没错。你以前太瘦了,我第一次见到你的时候。在你的律师事务所里。"

"你也一样,看着简直皮包骨头。不过那时候人人都瘦,所以我没注意。现在你看起来就挺结实了,如果你睡了觉的话。"

他没有搭话。

---

[1] 英制质量单位,1磅 ≈ 0.454千克。

"其实想一想吧,其他人看起来也好多了。如果你控制不了自己所做的事,但你的所作所为却让情况有所好转,那你就不该为此感到内疚。也许从某种程度上来说,你的梦只是一种新的进化方式。就像一条热线。适者生存什么的。还有紧急优先权。"

"哦,比这个还要糟糕。"他还是那副虚幻、窘迫的语气,说着在床上坐了下来。"你还——"他结结巴巴地说了好几次,"你还记得四年前的四月吗——九八年?"

"四月?不记得了,没什么特别的。"

"那就是世界末日。"奥尔说。一阵肌肉痉挛扭曲了他的面孔,他大口大口呼吸着,仿佛喘不过气。"没人记得。"他说。

"这话什么意思?"她问道,隐隐约约有些害怕。四月,一九九八年四月,她想,我记得九八年四月吗?她觉得自己不记得,可是又知道自己必须记得。她是被他吓坏了,还是害怕他,抑或是为他害怕?

"这不是进化,只是自我保全。我不能——好吧,这要糟糕得多。比你记得的更加糟糕。那还是你记忆中的第一个世界,拥有七十亿人口,只是它——它更恶劣。只有一些欧洲国家在七十年代尽早实行了定量配给、污染防治与生育控制,等到我们终于试图去控制粮食分配时已经太迟了,粮食不够吃,黑手党控制了黑市,人人都得到黑市去买吃的,有许多人什么也买不到。一九八四年,他们修改了宪法,改成了你记得的那样,但是当时情况已经非常糟糕,国家的状况也一落千丈,它甚至不再假装是个民主政体,而是有点像警察国家,可这也不管用,它马上就垮了。我十五岁那年，学校关闭了。当时没有瘟疫，但是各种传染病接二连三流行起来，痢疾、肝炎还有腹股沟淋巴结肿大。不过多数人是饿死的。近东地区是九三年开始打仗的，可是形势又不太一样。那次是以色列跟阿拉伯人和埃及打。所有的大国都参与进来。其中一个非洲国家支持阿拉伯人，它对以色列的两座城市使用了核弹，于是我们又帮助他们反击，然后……"他沉默了一会儿才继续说，显然没有意识到自己的讲述中有什么空白，"我当时想要出城。我想进森林公园。可我病了，没法继续走，就坐在西山那栋房子的台阶上，房子都烧毁了，但台阶是水泥的，我还记得台阶之间的缝隙里有一些蒲公英正在开花。我坐在那儿，再也站不起来了，我也知道自己起不来。但我一直以为自己站起来了，在继续走，离开了城市，但那只是我精神错乱而已。等我清醒过来，又看见那些蒲公英，我就知道自己要死了。其他的一切都要死了。然后我就——我就做了这个梦。"他的嗓子本来就哑了，现在已经彻底说不出话。

"我没事。"他最后说道，"我梦到自己在家里。我醒了过来，安然无事，在家里的床上。但那并不是我以前有过的家，不是另一次的家，不是第一次那个家。不是境况糟糕时的那个家。哦，上帝，我真希望自己不记得了。我基本上不记得。我不能记得。从那以后我一直在对自己说，那是个梦。那就是个梦！可它不是。这个才是梦，它不是真实的。这个世界根本就不可能存在。这才是事实。这才是真实发生的情况。我们都死了，还在死前毁了这个世界。什么都没了。剩下的只有梦。"

她相信他，可是又愤怒地否认了自己相信的事："那又怎么样？也许它一直都是这样！无论它是怎样，现在都没关系了。你不会以为你可以做自己不该做的事吧？你以为你是谁啊！没有什么是不对的，没有什么是不该发生的。从来没有！你管它叫真实或是做梦又有什么关系呢？都是一回事——不是吗？"

"我不知道。"奥尔痛苦地说。她走过去，抱住他，就像抱一个痛苦的孩子或是一个垂死的人。

他的脑袋靠在她肩上，沉甸甸的，白皙方正的手却放松地搭在她膝上。

"你睡着了。"她说。他没有否认。她只得用力摇他，让他否认。"不，我没睡着。"他说，突然一惊，坐直了身体，"没有。"他又垂下去了。

"乔治！"这果然是真的——喊他的名字有用。他把眼睛睁开了一会儿，看着她。"不要睡，再清醒一小会儿。我想试试催眠。那样你就能睡觉了。"她本打算问问他想梦见什么，她应该在催眠时向他强调哈伯的什么信息，可他的神志太不清醒了。"听着，坐在床上，看着……看着灯的火焰，这应该可以。但是别睡觉。"她将油灯放在桌子中央，周围是蛋壳和其他食物残骸。"眼睛盯着它，但是别睡着了！你会放松下来，感觉很轻松，但你还不会睡着，直到我说'去睡觉'。就是这样。现在你感到很轻松很舒服……"她继续着催眠师的那一长串套话，感觉自己装模作样的。他几乎立刻就被催眠了。她简直不敢相信，于是试了试他。"你没法举起左手，"她说，"你想举起来，可它太重了，起不来……现在它又变轻了，你可以举起左手了。你瞧……好了。现在你马上就要睡着了。你会做一些梦，但它们只是寻常普通的梦，就像每个人都会做的那种梦，不是什么特别的梦，不是——不是成真的梦。除了一个梦。你会做一个成真的梦。在这个梦里——"她停了下来。突然间她害怕了，一阵不安让她直发冷。她这是在干什么？这不是演戏，不是游戏，不容傻瓜插手干预。他在她的控制之下；可他的能力是不可估量的。她承担了何种难以想象的责任？

如果有一个人，像她一样相信一切都是正确的，相信有一个整体，人是其中的一部分，而作为一部分，人就是完整的；这样的人在任何时候都不会想要去扮演上帝。只有那些否认自己本质的人才会渴望扮演上帝的角色。

可如今她已经深陷其中，无路可退了。"在那个成真的梦里，你会梦到……梦到哈伯医生心地善良，他不会再想伤害你，而会对你以诚相待。"她不知道该说什么，也不知道该怎么说，她知道，无论自己说什么都可能出错。"你还会梦到外星人已经不在月球上了。"她赶紧加了一句，不管怎么说，她可以替他把重担从肩上卸下来了，"早上你醒来时会觉得休息好了，一切都会好起来的。现在，去睡觉。"

哦，该死，她忘记先叫他躺下来了。

他就像一只塞得半满的枕头，软软的，先向前倒，再往旁边歪去，最后倒在地板上，就像个有温度的大木头人。

他的体重不可能超过一百五十磅，可她费了老大力气才把他弄到行军床上，他简直像一头死去的大象那么重。她得先把腿抬上去，然后再去搬他的肩膀，免得把行军床给弄翻了；最后他自然是躺在了睡袋上面，而不是睡袋里面。她把睡袋从他身子底下拽出来，差点又把小床弄翻了，然后把它盖在他身上。他睡着了，彻底睡着了，一直都没醒。她累得上气不接下气，一身大汗，心烦意乱，他却毫无反应。

她坐在桌旁缓口气。过了一会儿，她在想自己该做什么。她清理了晚餐的残渣，烧了水，洗了馅饼盘、刀叉和杯子。她在炉子里生了火，在架子上找到几本书，都是平装本，可能是他在林肯城买的，以便他在漫长的不眠时光里有所消遣。见鬼，没有推理小说，她现在想看看好看的推理小说。倒是有一本关于俄罗斯的小说。太空计划有这么一个情况：美国政府试图假装耶路撒冷和菲律宾之间什么事都没有，因为如果不是这样，那就可能威胁到美国人的生活方式；所以最近这几年，你又能够买到日本的纸制阳伞玩具、印度的香、俄罗斯的小说以及其他东西。根据梅尔德尔总统的说法，人类的兄弟情谊才是生活新风尚。

这本书的作者是一个叫什么"耶夫斯基"的人，写的是瘟疫年代高加索一个小镇上的生活，虽然读起来不怎么愉快，却抓住了她的情感，她从十点一直读到两点半。在这段时间里，奥尔一直在熟睡，几乎一动也没动，呼吸很轻很安静。她有时会从高加索乡村里抬起头来，看到他的脸仿佛被昏暗的灯光镀上了一层金，笼罩在阴影里，显得很安详。就算他做梦，那也都是安静的梦，而且转瞬即逝。高加索乡村里的每一个人都死了，只有村里的傻子幸免于难（此人对不可避免的事情逆来顺受，总令她想起自己陪着的这个人），看完书以后，她试着热了点咖啡，可是喝起来就像碱水。她来到门口，半在门里、半在门外地站了一会儿，听着小溪大声喊出永恒的赞美！在她出生之前，这巨大的噪声已经响了几百年，而且会一直响下去，直到地动山移，这真是叫人难以置信。最奇怪的是，此刻已经夜深，在这万籁俱寂的树林里，远处却传来歌声，似乎是在远处小溪的上游，就像孩子们在齐声歌唱——非常甜美，非常古怪。

她觉得毛骨悚然，于是关上门，将未出生的孩子在水中唱歌的声音关在门外，转身走进温暖的小屋，走向那个睡着的男子。她取下一本关于家庭木工活的书，显然是他买来让自己在小木屋有事可做的，可她一看就睡着了。好吧，干吗不睡呢？她干吗要熬夜？可她该睡在哪儿呢？

她应该让乔治睡在地板上的。反正他也不会知道。这不公平，小床和睡袋都归他了。

她从他身上拿走了睡袋，改用他的雨衣和她的雨披给他盖上。他动都没动。她深情地看了看他，然后到地上钻进睡袋里。见鬼，地上真凉，而且很硬。她没有把灯吹灭，还是她熄灭了灯芯？"你应该这么干，不该那么干。"她记得在公社听过这句话。可她不记得该怎么干了。哦，该死，地上可真冷。

好冷，好冷，好硬，好亮。太亮了。太阳出来了，阳光透过摇曳转换的树影照进窗户。照在床上。地板在颤抖。山丘喃喃自语，梦见自己掉进了海里，在群山的另一边，远处城镇有警笛声

天　钧

在号叫，微弱而可怕，没完没了。

她坐起身来。狼群也在嗥叫，仿佛世界末日到了。

朝阳从唯一的一扇窗户倾泻而入，隐藏起耀眼斜光下的一切。她在刺眼的光线中摸索着，发现做梦者伸开四肢趴在床上，还没醒来。"乔治！醒一醒！哦，乔治，求你醒一醒！有点不对劲！"

他醒了，微笑地看着她，醒了过来。

"有点不对劲——这警笛声——是怎么回事？"

他依然沉浸在梦里，无动于衷地说："它们登陆了。"

他只是做了她吩咐的事而已。她叫他梦见外星人不在月球上了。

天地不仁。

——《道德经·第五章》

THE LATHE OF HEAVEN

8 EIGHT

在第二次世界大战期间,美国本土唯一遭到直接攻击的地方就是俄勒冈州。日本人的气球炸弹烧着了海滨的一片森林。在第一次星际大战期间,美国本土唯一遭到侵略的地方也是俄勒冈州。人们可以把责任归咎于该州的政客,俄勒冈州参议员的历史职能就是把其他所有参议员都逼疯,而且该州从来没在军事方面花过一分钱。俄勒冈除了干草堆,没有任何应急储备物资,没有导弹发射平台,也没有国家航空与航天局的基地。她显然毫无防备。保护她的反外星人弹道导弹从华盛顿州沃拉沃拉以及加利福尼亚州圆谷的巨型地下设施发射升空。爱达荷州的大部分地方都属于美国空军,硕大的XXTT-9900型超音速飞机就是从这里向西飞,轰鸣声震碎了从博伊西到太阳谷每一个人的耳膜,它们来回巡逻,看看有没有外星飞船可能设法从无懈可击的机载弹道导弹网络里溜出去。

外星人的飞船携带了一个可以控制导弹制导系统的装置,它抵挡住了机载弹道导弹网络，让这些导弹在平流层中间的某处掉头返回，继而在俄勒冈州着陆、遍地爆炸。灾难在喀斯喀特山脉干燥的东坡迅速蔓延开来。炸弹引起的暴烈大火摧毁了黄金海滩和达尔斯。波特兰倒是没有遭到直接打击，但是机载弹道导弹网络里一枚迷途的核弹头击中了胡德山，就在老火山口附近，结果唤醒了这座休眠的火山。蒸汽随即冒了出来，地面也颤抖起来，在外星人入侵的第一天中午，也就是愚人节这天，猛烈的喷发使西北面的山坡上形成了一个火山口。熔岩流让那些没有积雪、森林也被砍掉的山坡燃起熊熊大火，还威胁到了齐格扎格社区和罗多登德伦社区。火山灰开始堆积，在四十英里之外的波特兰，空气很快变得污浊起来，被火山灰弄得灰蒙蒙的。夜晚来临，风向转向南方，低空的空气稍微清澈了一点，东面的云层中显露出火山喷发的昏暗橙色闪光。天上满是雨水和火山灰，许多XXTT-9900型飞机轰鸣着飞来飞去，徒劳地寻找着外星人的飞船。其他轰炸机和战斗机仍在源源不断地从东海岸以及签订了《公约》的其他成员国飞来，它们经常会互相攻击。大地因为地震、炸弹和飞机坠毁的冲击而摇晃不止。外星人有一艘飞船在距离城市边界只有八英里的地方着陆了，喷气式轰炸机有条不紊地摧毁了据称是外星人飞船所在地的方圆十一英里，结果将城市的西南郊区夷为平地。实际上有消息说它已经飞走了，可军方总不能什么都不做。结果炸弹错误地落在城市里许多别的地方，就像喷气式飞机的误炸一样。市中心所有的窗户都没了玻璃。那些窗玻璃碎成一两英寸的小碎片，散落在城里的条条街道上。从波特

天　钩

兰西南部来的逃难者们只能在街上步行，女人们拖儿挈女，边走边疼得直哭，他们那薄薄的鞋子里全是玻璃碴。

　　威廉·哈伯站在他位于俄勒冈梦学研究所的办公室大窗前，望着港区里的大火燃起又熄灭，望着火山喷发时的血红闪电。他窗户上的玻璃还在，华盛顿公园附近并没有任何东西登陆或爆炸，地面震动使得河底的整栋大楼都裂开了，可是到目前为止，它对山上造成的损失不过就是让窗框咔嗒作响。他隐约听见动物园里的大象在尖叫。北方偶尔会现出一道道不同寻常的紫光，也许是在威拉米特河与哥伦比亚河交汇处的上空；在灰蒙蒙、雾沉沉的暮色中，什么都看不太清楚。城市里大部分地方都因为停电而漆黑一片，尽管路灯还没亮起，其他地方却有隐约的闪光。

　　研究所里只有他一个人。

　　哈伯花了一整天的时间试图找到乔治·奥尔，结果徒劳无功，城市里的人越来越歇斯底里，城市也坍毁得越发严重，他没法再继续找下去，就来到了研究所。多半的路程他都只能步行，这段路走得他心慌意乱。身处他这个职位，有许多事都要花时间去做，平时自然是开电动车的。可是电池没电了，他也没法去充电站，因为街上的人群实在太过拥挤。他只得下车步行，跟人群逆向而行，面对着所有人，一头扎进他们之中。这太烦人了。他不喜欢人群。可是后来，当他走出人群，孤零零地独自走在公园广阔的草坪上、树丛中和森林里，这感觉反而要糟糕得多。

　　哈伯认为自己是个独来独往的人。他从没想过结婚，也不想结交密友，他选择在别人睡觉的时候进行艰苦的研究工作，从而避免了纠缠不清。他的性生活几乎仅限于一夜情，像是一种半职业性的行为，有时候是跟女人，有时候则是跟年轻男性，他知道去哪些酒吧、电影院和桑拿浴室能找到他想找的人。他得到了自己想要的，然后就再次脱身出来，在他或者其他人有可能对对方产生任何需求之前。他很珍视自己的独立自主和自由意志。

可他却觉得独自一人很可怕，独自一人在这巨大而冷漠的公园里，他几乎是跑到研究所的，因为他无处可去。他来到研究所，这里一片寂静，空无一人。

克劳奇小姐在她的办公桌抽屉里放着一台晶体管收音机。他拿了出来，一直开着，音量很低，以便听到最新报道，或者至少能听到人声。

这里有他需要的一切：床——几十张床，食物——为睡眠实验室里通宵工作的人提供三明治和软饮料的机器。不过他不饿，反而有点漠然。他听着收音机，可收音机却不听他的。他孤身一人，在孤独中似乎一切都不真实了。他需要跟人说说话，任何人都行，他得告诉他们自己的感受，这样他才能知道自己还有感觉。这种独处的恐惧感如此强烈，差点驱使他走出研究所、再次回到山下的人群中去，然而漠然的感觉还是更甚于恐惧。他什么也没做，夜色越来越深了。

在胡德山上空，红色闪光有时会大大扩散开来，随后又再次转淡。城市西南方被什么大家伙击中了，虽然从他办公室看不见，但是没过多久，云层下方就被灰白色强光照亮了，似乎强光就是在那个方向升起的。哈伯打算到走廊里去,看看能看见什么,他还带了收音机。有人从楼梯上来了,他刚才没听见他们的声音。有那么一会儿,他只是目不转睛地看着他俩。

"哈伯医生。"那两人中有一个说道。

原来是奥尔。"差不多到时间了,"哈伯愤愤地说,"这一整天你到底上哪儿去了?快来!"

奥尔一瘸一拐地走了过来,他的左脸肿了,流了不少血,嘴唇也割破了,还掉了半颗门牙。跟他一起来的女人受伤没这么严重,但是看起来更疲惫:她目光呆滞、双膝颤抖。奥尔扶她坐在办公室里的沙发上。哈伯用医生的口吻大声说道:"她的脑袋被打了?"

"没有,今天忙了一天。"

"我没事。"那女人咕哝道,有点发抖。奥尔立刻关切地替她脱掉沾满泥巴的脏鞋子,又把沙发脚那头的骆驼毛毯子拿来盖在她身上;哈伯很想知道她是谁,但是这个念头只是一闪而过。他又开始进入工作状态了:"让她在那儿休息吧,她不会有事的。你过来,把自己清理干净。我花了一整天的时间找你。你上哪儿去了?"

"在尽力赶回城里。我们遇到了爆炸袭击,他们把路给炸了,就在我的车前面,车颠簸得很厉害,我猜是翻过来了。希瑟在我后面,她及时停车了,所以她的车没翻,我们是开她的车过来的。但是我们不得不改道走日落高速公路,因为九十九号公路全被炸毁了,后来我们在鸟类保护区附近遇到一个关卡,只得把车丢在那儿,然后穿过公园走了进来。"

"你们到底是打哪儿来的?"哈伯在他那间私人盥洗室的水槽里放了热水,又递给奥尔一条热气腾腾的毛巾,让他捂住满是血迹的脸。

"从小木屋来。在海岸山脉。"

"你的腿怎么了?"

"我估计是翻车时撞伤了。听着,它们还在城里吗?"

"就算军方知道,他们也没说。他们只说,今天早上那些大型飞船着陆时,外星人就分成了机动小队,像是直升机什么的,然后分散开来,遍布本州西部地区,据说是在缓慢移动。但即便他们击落了外星人,那他们也没有上报。"

"我们看见了一个。"奥尔把毛巾从脸上拿开了,尽管还有紫色的瘀伤,但是现在擦掉了血迹和泥巴,看起来也没那么吓人了,"那一定是外星人的飞行器。小小的银色物体,离地面大约三十英尺高,在北普莱恩斯附近一个牧场上空。它似乎是在跳着走,看着不像地球上的东西。外星人在跟我们打仗吗,飞机是它们击落的吗?"

"广播里没说。没有伤亡报告,只有平民的伤亡情况。来吧,给你弄点咖啡喝,再吃点东西。然后,上帝保佑,我们就在这一片狼藉之中进行一次治疗,把你造成的愚蠢烂摊子给收拾了。"他已经准备好了硫喷妥钠,抓起奥尔的胳膊就给他来了一针,既没有提醒,也没有道歉。

"我正是为此而来。但我不知道是否——"

"不知道你是否能够做到？你可以的。来吧。"奥尔又守在那女人身旁了。"她没事，只是睡着了，别去打扰她，她需要休息。快来！"他带着奥尔下楼来到食品贩售机旁，给他买了一个烤牛肉三明治、一个鸡蛋西红柿三明治、两个苹果、四块巧克力和两杯咖啡。他俩在一号睡眠实验室的一张桌子旁坐下来，桌上摆着纸牌，有人曾经在这里玩"耐心"游戏，但是黎明时分警笛开始呼啸时，此人就没再继续玩了。他俩把纸牌扫到一边。"好，开吃。如果你觉得自己没有能力清理这个烂摊子，那就别想这事了。我一直在改进放大器，它可以替你做到。我已经有模型了，就是你在做梦成真时，你的大脑发出信号的样板。之前我弄错了，整整一个月都在寻找一种独立存在体，一种欧米伽波。然而它并不是这样。它只是由其他波形组合而成的一种模式，过去这几天我终于搞清楚了，就在天下大乱之前。这个周期是九十七秒。这对你来说毫无意义，尽管这就是你那该死的大脑干的好事。这么说吧，在你做梦成真时，你的整个大脑都参与了一种复杂的同步发射模式，完成一次需要九十七秒，然后再重新开始，如果把它和普通的D状态曲线图进行对比的话，那就像用贝多芬的大赋格去和《玛丽有只小羊羔》相比较。它极为复杂，却十分稳定，而且反复出现。所以我可以把它放大以后直接输送给你。放大器都设置好了，它已经为你准备就绪，马上终于要真的和你的大脑进行匹配了！老弟，你这次做梦的时候，会做个大的。大到足以停止这场疯狂的侵略，让我们彻底进入下一段时间线，在那里我们可以重新开始。你看，这就是你所做的。你改变的并不是一件件事情，也不是人们的生活，而是整个时间线。"

"能跟你谈谈这事真是太好了。"奥尔说道，大概就是这个意思吧；尽管破了嘴又掉了牙，但他吃起三明治来快得叫人难以置信，这会儿他正在狼吞虎咽地吃一块巧克力。他说的话有点讽刺意味，或者诸如此类的东西，但是哈伯太忙了，没空在乎这个。

"告诉我，侵略是就这么发生的，还是因为你错过了一次治疗才发生的？"

"是我梦到的。"

"你竟然让自己在不受控制的情况下做梦成真？"哈伯的声音怒气冲冲。他以前太过保护奥尔了，对他太过宽容。正是由于奥尔的不负责任，才有这么多无辜的人死去，城市里才会遍地废墟，人们才会如此恐慌——这都是他干的，他必须勇敢面对。

"不是那样的。"奥尔刚开口，周围就发生了一次大爆炸。整栋楼都跳了起来，铃声大作，噼啪作响，电子设备在那排空床旁跳来跳去，杯子里的咖啡也溅了出来。"刚才那是火山喷发还是空军袭击？"奥尔说道，爆炸自然令哈伯十分惊恐，但是哈伯发现，奥尔似乎很镇定。他的反应完全不正常。周五那天，仅仅一个道德问题就让他崩溃了；可是现在到了周三，末日战争打得如火如荼，他却沉着冷静。他似乎并没有个人的恐惧感。可他一定是恐惧的。如果哈伯都感到害怕，那么奥尔肯定也害怕。他是在压抑恐惧。又或者他以为，哈伯突然想知道，是不是因为侵略是他梦到的，所以一切只是一场梦？

如果它就是一场梦呢？

天　钧

是谁的梦？

"我们最好回到楼上去。"哈伯说着站了起来。他觉得越来越不耐烦，越来越急躁，兴奋过头了，"对了，跟你一起来的女人是谁？"

"那是勒拉赫小姐，"奥尔说道，神情古怪地看着他，"那位律师。她周五来过这里。"

"她怎么会跟你在一起？"

"是她来找我的，追到小木屋来了。"

"这些你回头再解释。"哈伯说。没时间浪费在这些琐事上了。他们得出去，从这个又是燃烧又是爆炸的世界里出去。

他们刚走进哈伯的办公室，玻璃就从巨大的双层窗户里爆裂出来，伴随着唱歌一般的尖啸声，空气也被大股大股地往外吸；两个人都被吸到了窗边，就好像那是真空吸尘器的入口。然后一切都变成了白色：无一例外。他俩都摔倒了。

谁也没有听到任何噪声。

等到又能看见东西时，哈伯赶忙爬起来，紧紧抓着他的办公桌。奥尔已经在沙发那边了，想要安抚那个不知所措的女人。办公室里很冷：春天的空气有一股潮湿的寒意，从空荡荡的窗户倾泻而入，带来烟雾、烧焦的绝缘材料、臭氧、硫黄和死亡的气味。"我们应该到地下室去，你们觉得呢？"尽管勒拉赫小姐全身都在发抖，但是语气却很理性。

"你去吧，"哈伯说，"我们还要在这里待一会儿。"

"在这里？"

"放大器在这里。它可不像便携式电视机一样可以随意插拔！你下楼到地下室去吧，我们会尽快来找你的。"

"你打算现在让他睡觉？"那女人说道，这时山下的树木突然烧起来，变成了明亮的黄色火球。身边发生的事情让他们忘记了胡德山在喷发；然而，在过去的几分钟里，大地一直在轻轻颤抖，这是一种自根源而起的震动，让人的双手和大脑都跟着一起抖动。

"你他妈说得对，我就是这么打算的。去吧。到地下室去，我要用沙发。躺下，乔治……听着，你，到地下室以后，刚过门卫室你就会看到一扇门，门上写着应急发电机。你从那扇门进去，找到开关手柄。把你的手放在上面，如果灯没亮就开灯。把手柄推上去需要很大力气。去吧！"

她走了。虽然还在发抖，她的脸上却露出微笑。临走时她握了握乔治的手，说道："好梦，乔治。"

"放心吧，"奥尔说，"不会有事的。"

"别说了。"哈伯厉声说。他已经开始播放自己录的催眠录音带，但是奥尔压根儿没在听，爆炸声和东西燃烧的噪声太大，也很难听清。"闭上你的眼睛！"哈伯命令道，他将手放在奥尔的喉咙上，然后调大了增益。"放松，"他自己的声音很大，"你觉得很舒服，很放松。你将要进入——"大楼像春天的小羊羔一样突然一跳，然后斜斜地落了下来。没有玻璃的窗外，有什么东西出现在暗红色的炫光之中：那是一个巨大的卵形物体，有点像是跳跃着在空中移动，直奔窗户而来。"我们得离开这儿！"哈伯大喊道,盖过了录音带中他自己的声音,随后他才反应过来,奥尔已经被催眠了。他停止播放录音带,弯下腰对着奥尔的耳朵说道:"停止入侵!"他喊道:"和平,和平,梦见我们和所有人都和平相处!现在睡吧!安特卫普!"说完他打开了放大器。

可他没时间去看奥尔的脑电图。那个卵形的东西就在窗外盘旋,它那粗短的机头被燃烧的城市映得火红,直指哈伯。他蜷缩在沙发旁,觉得自己无比软弱,面前无遮无挡,于是他伸出双臂挡住放大器,试图用自己那不够强壮的肉身来保护它。他伸长脖子回头去看那艘外星人飞船。它越逼越近,机头就像涂了油的钢铁,闪着银光,还带有紫色的条纹,将窗户挡了个严严实实。它从窗户挤进来时,窗框嘎吱作响,仿佛要被撕裂了一般。哈伯害怕得大声抽泣起来,但是仍然伸开双臂挡在外星人与放大器之间。

机头停了下来,伸出一根又长又细的触手,在空中摸索移动着。触手末端像眼镜蛇一样直立着,先是随意乱指,然后定格在哈伯的方向。它距离他大约十英尺远,悬在空中,指了他几秒钟。接着,它就像木匠的卷尺一样缩了回去,伴随着咝咝声和噼里啪啦的声响,随后飞船发出一阵高亢的嗡嗡声。金属窗台尖叫着变了形,飞船的机头转了一圈,掉在了地板上。有个东西从机头后面张开的洞里冒了出来。

哈伯已经吓得面无表情了,他本以为那是一只巨大的乌龟,后来他才意识到,它是穿着某种笨重的绿色装甲,所以才会看起来毫无表情,就像一只用后腿站立的大海龟。

它静静地站在哈伯的办公桌旁边,然后非常缓慢地抬起左臂，用一个喷管状的金属仪器对准了他。

他就要死了。

一个毫无起伏的单调声音从那东西的肘关节处传了出来。"你不希望别人对你做的事情，你自己也不要对别人去做。"它说。

哈伯瞪大了眼睛，他的心在颤抖。

那个巨大而沉重的金属胳膊又抬起来了。"我们正试图和平抵达。"这个胳膊肘说什么都是一个音调，"请通知其他人，这是和平抵达。我们没有任何武器。毫无根据的恐惧会带来巨大的自我毁灭。请停止毁灭自己，也停止毁灭他人。我们没有任何武器。我们不是有侵略性的好斗物种。"

"可……可……可是空军又不听我指挥。"哈伯结结巴巴地说。

"我们目前正在联系飞行器里的人。"那个东西的胳膊肘说道，"那是军事设施吗？"

就语序来看，这应该是在提问。"不是，"哈伯说，"不是的，完全不是的——"

"请原谅我们不请自来。"穿着装甲的庞大身躯发出轻微的呼呼声，似乎在犹豫。"那是什么设备？"它问道，用右边的胳膊肘指着连接在睡眠者头上的那台机器。

"脑电图仪，它是用来记录大脑电活动的——"

"有价值。"外星人说着往沙发迈了一小步，似乎很想看一看，"这一个人在iahklu'。记录的机器也许把这个记录下来了。你们这个物种都可以iahklu'吗？"

天　钧

"我……我没听过这个词，你能否描述——"

那个身躯又呼呼了几声，将左胳膊肘举过头顶（它的脑袋也像海龟一样，几乎没有从甲壳那宽大而倾斜的肩膀上突出来多少），然后说道："请原谅。没法传达，通信机器是最近才匆忙发明出来的。请原谅。在不久的将来，我们必须迅速向其他负责任的、陷入恐慌之中并且有能力毁灭自己和他人的个人前进。非常感谢你。"说完它又从飞船的头部爬了回去。

哈伯看着它那巨大的圆形脚底板消失在黑漆漆的洞穴里。

飞船的尖头从地上跳起来，巧妙地将自己旋转到位——这给哈伯留下了深刻印象，它仿佛并不是由机械操纵的，而是由时间来控制，就像是将它自己先前的动作倒着重复了一遍，恰似倒放的电影。外星人的飞船带着办公室震动起来，扯下了窗框的残余部分，伴随着一声可怕的巨响，它飞走了，消失在外面火红的烟雾中。

哈伯现在才发现，最剧烈的爆炸已经停止了；事实上，周围相当安静。虽然一切都在微微颤抖，但那是火山的缘故，而不是因为炸弹。警笛在河对岸呼啸，遥远而又凄凉。

乔治·奥尔一动不动地躺在沙发上，呼吸很不均匀，苍白的脸上的伤口和肿胀十分难看。寒冷的空气中依然飘浮着火山渣与烟尘，冷风从破碎的窗户钻进来，令人窒息。什么也没有改变。他什么也没有解决。难道他做了什么吗？他紧闭的眼皮底下有轻微的眼球运动，他还在做梦，他不可能做别的，因为放大器压制了他大脑自身的冲动。可他为什么没有改变时间线，为什么没有把大家带进一个和平的世界,就像哈伯吩咐他的那样?催眠的暗示已经很清楚很强烈了。他们必须从头再来。哈伯关掉放大器,喊了奥尔的名字三次。

"不要坐起来,放大器还连在你头上。你梦见了什么?"

奥尔还没彻底清醒过来,他哑着嗓子慢慢说道:"梦见那个……有个外星人来到这里。就这里。办公室里。它是从它们那种跳着走的飞船头部出来的,然后从窗子进来。你和它还谈话来着。"

"可这不是梦!这是现实!该死,我们得重来一次。几分钟前也许发生过一次原子弹爆炸,我们进入了另一条时间线,可能我们都已经死于辐射——"

"哦,这次不是。"奥尔说着坐起身来,将头上的电极像梳头一样清理掉了,仿佛它们是死掉的虱子,"那当然是现实。哈伯医生,成真的梦就是现实。"

哈伯瞪眼望着他。

"我估计是你的放大器为你增强了它的即时性。"奥尔说道,依旧带着异乎寻常的冷静。他似乎沉思了一会儿:"我说,你就不能给华盛顿方面打个电话吗?"

"打电话干吗?"

"嗯,你是个著名科学家,又刚好处在事件中心,也许他们会听你的话。他们会寻求解释。你在政府里有没有认识的人,你给他打个电话?也许可以打给卫生、教育与福利部的部长?你可以告诉他,整件事情都是一个误会,外星人既没有入侵也没有进攻。它们只是登陆以后才意识到人类是依靠口头语言来交流的。它们甚至不知道我们认为自己在和它们开战……如果你能让人把这话传到总统耳朵里,那华盛顿方面就能尽快撤军,这里被杀的人也会变少。目前被杀的都是平民。外星人不会伤害我方士兵,它们甚至连武器都没有,而且我觉得吧,它们穿着那些装甲,我们也是伤害不了它们的。但是如果没人去阻止空军,他们倒是会把整座城市炸得稀巴烂。哈伯医生,试一试吧,他们也许会听你的。"

哈伯觉得奥尔说得对。虽然没有道理,虽然这是精神病人的逻辑,但有一点:他的机会来了。奥尔说起话来好像做梦一样带着无可置疑的自信,在梦里可没有自由意志:就这么干,你必须这么做,这事必须做。

为什么偏偏是一个傻瓜、一个消极的无用之辈具有这种天赋?为什么奥尔如此笃定、如此正确,而他这个强大、积极、主动的人却无能为力,只能被迫试着利用甚至是服从这个软弱的工具?他已经不止一次动过这个念头,但即便这么想着,他还是向办公桌走去,去打电话。他坐下来给卫生、教育与福利部的华盛顿办公室直拨长途电话。这是经由犹他州的联邦电话总机直接接通的。

他跟卫生、教育与福利部的部长很熟,在等待电话接通的当口,他对奥尔说:"你为什么不把我们转入另一条时间线,让这些乱七八糟的事情在那条时间线里都没有发生过?那样就容易多了。也没人会死。为什么你不干脆把外星人除掉算了?"

"我没的选择，"奥尔说道，"难道你还没看出来吗？我只是服从。"

"你服从我的催眠暗示，没错，可是你并没有完全服从，你从来都不是直截了当、简单明了地服从——"

"我不是这个意思。"奥尔说，然而兰托的私人秘书就在这时接起了电话。哈伯通电话时，奥尔溜走了，肯定是下楼去看那个女人的情况了。没关系。他先跟秘书谈了一会儿，然后跟部长本人通了话，哈伯开始相信一切都会好起来的，相信外星人其实毫无敌意，相信自己能够说服兰托相信这一点，也相信能够通过兰托让总统和他的将军们相信这一点。他不再需要奥尔了。哈伯知道自己必须怎么做，他将带领自己的国家走出困境。

梦饮酒者，旦而哭泣。
——《庄子·内篇·齐物论第二》

THE LATHE OF HEAVEN

9 NINE

现在是四月的第三个星期,奥尔上周已经和希瑟·勒拉赫约好了,周四和她在戴夫餐厅共进午餐,可是他刚一从办公室出来,就知道今天见不成了。

太多不同的记忆、太多种生活经历在他脑子里推挤碰撞,他几乎什么都记不得了。无论发生什么事,他都相信。他活得简直像个小孩子,只活在现实里。没什么会让他吃惊,可他又对一切都感到吃惊。

他的办公室位于土木规划局的三楼,职位比以往从事过的任何职位都要了不得:主管城市规划委员会的东南郊区公园地区。他不喜欢这份工作,从来没有喜欢过。

他原本一直设法让自己保留着绘图员的工作,直到上周一那个梦,为了满足哈伯某个计划的需要,在同时应付联邦政府和州政府的过程中,他彻底重置了整个社会制度,结果他就成了一名市政官员。无论在哪一个人生里,他都没有从事过自己很感兴趣的工作。他知道自己最擅长的是设计，用适当的、适合的形状与形式将事物付诸实践，可是他那些不同的生活对这种天赋都没有需求。然而目前这份工作实在是太过分了，他干了五年，也讨厌了五年。这让他很担心。

直到这个礼拜之前，由他做梦所产生的所有生活之间始终存在着一种基本的连续性、连贯性。他一直是绘图员，一直都住在科贝特大街。即便在世界毁灭、城市灭亡、房屋烧毁、他最后坐在水泥台阶上的那个人生里，即便是在那个人生里，直到不再有工作和家园，这种连续性也依然存在。而在随后的所有梦境或人生中，许多更重要的事情也从未变过。他稍稍改善了当地的气候，但效果不大，温室效应一直都在，这是20世纪中叶的永久遗产。地理环境非常稳定：各大陆还在原位。同样没有改变的还有国界和人性，等等等等。就算哈伯曾经暗示他梦见一个更高贵的人类种族，他也没有做到。

不过哈伯正在学着如何更好地引导他做梦。最近两次治疗已经彻底改变了现实。他依然在科贝特大街拥有自己的公寓，还是那三个房间，隐约能够闻到管理员的大麻气味；但他却成了一名官员，在市中心的大楼里工作。市中心也变得让人认不出了，几乎和人口没有锐减时一样令人瞩目，到处是摩天大楼，而且远比从前更加耐用、更加美观。如今的管理方式也大不一样。

有意思的是，艾伯特·M.梅尔德尔依然是美国总统。他就像各大陆的形状一样，似乎是不可改变的。但美国已经不复从前的强大，任何一个国家都不再强大。

天　钧

波特兰如今是世界规划中心的所在地，这是一个多国人民联盟的主要机构。用纪念明信片上的话说，波特兰就是地球的首都。这里有两百万人口，整个市中心地区到处是世界规划中心的大楼，全是近十二年内建造的，经过精心规划，周围环绕着碧草如茵的公园和绿树掩映的林荫道。数以千计的人挤在这些林荫道上，其中多数是联邦政府或者世界规划中心的雇员；从乌兰巴托和智利圣地亚哥来的一群群游客鱼贯而过，他们仰着头，听着耳塞里的游览指南。这幅景象生机勃勃、雄伟壮观——建筑高大宏伟，草坪修剪得整整齐齐，人群穿着考究。在乔治·奥尔看来，这很有未来感。

他自然没有找到戴夫餐厅。他压根儿连安可尼大街都没有找到。在他的其他那么多种人生里，他都清清楚楚地记得安可尼大街，所以他拒绝相信现在的记忆，直到到了那儿，他才确信根本就没有安可尼大街。在本该是安可尼大街的地方，研发协调中心大楼从草坪和杜鹃花丛中拔地而起，直插云霄。他甚至连彭德尔顿大楼都懒得去找。莫里森街还在老地方，这是一条宽阔的林荫道，路中间新栽了许多橘子树，但是沿路并没有新印加风格的大楼，从来就不曾有过。

他想不起希瑟所在公司的确切名称了；是叫福曼、埃瑟贝克和鲁蒂，还是叫福曼、埃瑟贝克、古德休和鲁蒂？他找到一间电话亭，在电话簿里查找那家公司。可是列表里没有类似的名字，倒是有一位P. 埃瑟贝克律师。他打电话过去问了，勒拉赫小姐并不在那里工作。最后他鼓起勇气直接找她的名字。然而电话簿里

171

没有姓勒拉赫的。

她也许依然是她，只是名字和以前不同了，他想。她母亲可能在丈夫去非洲以后就放弃了夫姓。又或者她在丧夫以后还保留着夫姓。可他完全不知道她丈夫姓什么。她也许从来没有改随夫姓，许多女人结婚时都不再改姓了，她们认为这一习俗是女奴制度遗留下来的产物。可是他这样猜来猜去又有什么用呢？很可能根本就没有希瑟·勒拉赫这个人；很可能这一次她就没有出生。

除此之外，奥尔还面临着另外一种可能性。如果她此刻从旁边走过寻找我，他想，我还能认出她来吗？

她的皮肤是棕色的，那种琥珀般清澈的深棕色，就像波罗的海的琥珀，又像锡兰的浓茶。但是没有棕色皮肤的人经过。没有黑人，没有白人，没有黄种人，也没有红种人。他们都是从全球各地来到世界规划中心工作或参观的，比如泰国、阿根廷、加纳、中国、爱尔兰、列支敦士登、黎巴嫩、埃塞俄比亚、越南、洪都拉斯以及塔斯马尼亚州，却穿着同样的衣服、裤子、外衣和雨披，衣服底下的肤色也全都一样。大家都是灰色皮肤。

人类变成这样的时候，哈伯医生很是高兴。那是在上个周六，也是他们一周以来的第一次治疗。他盯着盥洗室镜子里的自己看了五分钟，咯咯直笑，充满赞赏，看着奥尔时他也是同样的眼神。"乔治，这一次你终于给大家省了麻烦！老天，我相信你的大脑开始跟我合作了！你知道我暗示你梦见什么吗——嗯？"

最近一段时间，哈伯会对奥尔说起他想做什么以及希望利用奥尔的梦境达到什么目的，虽然他直截了当、毫无隐瞒，但是这并没有什么帮助。

奥尔低头看着自己浅灰色的双手和短短的灰色指甲:"我猜你是暗示不要再有肤色问题。也不要有种族问题。"

"完全正确。我设想的当然是从政治和道德方面来解决。可你没有这样,你的初级思考过程走了惯常的捷径,这在以往通常是一段小小的弯路,但是这一次你却从根本上解决了问题,让这种改变成为生物学上的、绝对的。种族问题从来就没有存在过!乔治,地球上只有你我二人知道曾经有过种族问题!你能想象吗?在印度从来没有贱民——在亚拉巴马州从来没有人被私刑处死——在约翰内斯堡从来没有人被屠杀!我们已经摆脱战争问题,我们从未有过种族问题!在整个人类历史上,从没有人因为自己的肤色而遭受过痛苦。乔治,你有进步了!你将成为人类有史以来最伟大的恩人,不管你愿不愿意。人类浪费了许多时间和精力,试图用宗教来解决苦难,然后你出现了,让佛陀、耶稣以及其余诸神看起来都像苦行僧似的。他们想要逃离邪恶,但我们,我们要将它连根拔起,一点一点地除掉它!"

哈伯为胜利唱的赞歌让奥尔感到不安,不过他并没有听,而是在拼命回想,然而并没有想起有人在葛底斯堡的战场上发表过演讲,也不记得历史上有马丁·路德·金这个人。相对于溯及既往彻底废除了种族偏见,这些事似乎只是付出的一点小小代价,所以他什么也没说。

但是现在,他从未见过棕色皮肤的女人——她有着棕色的皮肤,硬直的黑发剪得极短,显露出头骨的优雅线条,就像青铜花瓶的曲线——不，这就不对了。这让人无法忍受。地球上每一个灵魂都应该拥有和战舰同样颜色的身体——不要！

所以她才不在这里，他心想。她不能忍受生来是灰色的皮肤。她的肤色，她的棕色皮肤，是她不可或缺的一部分，而不是偶然因素。她的愤怒、胆怯、鲁莽与温柔都是她复杂本性的组成部分，这种复杂的本性既黑暗又通透，就像波罗的海的琥珀。她没法生存在灰种人的世界。她根本没有出生。

可他却出生了。他可以出生在任何一个世界，因为他毫无个性，就像一团黏土、一块未经雕刻的木头。

还有哈伯医生，他也出生了。没有什么能够阻止他。他每次转世都变得更强大了。

在那个可怕的日子，他们从小木屋赶回业已沦为战场的波特兰，开着呼哧作响的赫兹蒸汽车颠簸在乡间公路上，希瑟在途中对他说，她曾像他俩商定的那样，试着暗示他梦见哈伯变好了。从那以后，哈伯至少会将自己的操纵手法坦率地告诉奥尔。尽管坦率一词并不恰当，哈伯这个人太复杂了，不可能坦率。剥掉了一层又一层皮的洋葱，里面露出来的依然是洋葱，没有别的。

他身上唯一的变化是剥去了一层伪装，而这也许并不是因为一个成真的梦，而是因为环境发生了改变。他现在十分自信，所以觉得没有必要试图隐瞒自己的目的，也不需要欺骗奥尔，他只要强迫他就行了。奥尔要想摆脱他，那可比从前更难了。如今自愿治疗被称为个人福利管制，但是法律效力依然和从前一样，而且没有哪个律师会帮病人去控告威廉·哈伯。他是个重要人物，十分重要。眼下的重大决定都是在世界规划中心做出的,由他担任主任的人类用途研究与发展部正是该中心的核心部门。他一直希望有力量去做善事。现在他如愿以偿了。

如此说来,他倒是一直忠于自我,依然和奥尔初识他时一样,友好而冷漠——当时他还在威拉米特东塔那间昏暗的办公室里工作,墙上挂着胡德山的照片壁画。他没有变,只是成长了。

确切说来,权欲的本性就是成长。能够打消这种欲望才是成就。权欲必然会随着每一次成功而膨胀,这次成功仅仅是向下一次成功迈进了一步而已。获得的权力越大,人对权力的胃口就越大。哈伯通过奥尔做梦所支配的力量并无明显限制,所以他改善世界的决心也没有止境。

在莫里森大道,人群中有位路过的外星人轻轻挤了奥尔一下,于是它抬起左肘声调平平地道了歉。外星人到来以后没多久就明白了不能用手指着人类,那样会让他们感到惊恐。奥尔抬起头,吓了一跳;自从愚人节那天的危机过去以后,他几乎已经忘记了外星人这回事。

他这才回想起来,在目前的状况下——或者说时间线,哈伯总是这么称呼它——外星人登陆对于俄勒冈州、美国国家航空航天局和空军并不是一场灾难。这一次它们没有冒着炸弹和燃烧弹的连天炮火匆忙发明出翻译电脑,而是从月球上就把这些电脑带来了,然后在登陆前四处飞行,将自己的和平意图广而告之,为在太空里开战而道歉,说这一切都是个错误,并且向地球人请求指示。人们当然有过担忧,但是并没有恐慌。在广播的每一个波段和电视的每一个频道，大家都能听到那种单调沉闷的声音一遍遍地重复说，击毁月球穹顶和俄罗斯空间站是无心之过，它们原本只是想和地球人取得联系，结果这种努力却是愚昧无知的行为，它们已经明白，地球太空舰队之所以发射导弹，也是因为想要取得联系，结果同样是愚昧无知的行为，它们感到非常抱歉，如今它们终于掌握了人类的沟通渠道——比如语言，所以想试着做出补偿，这些话听着简直让人感动。

自从瘟疫年代结束以后，世界规划中心就在波特兰成立起来，他们和外星人通力合作，从而让平民和将军们保持着平和的心态。如今奥尔想起这事才意识到，这并不是发生在几周之前的四月一日，而是去年二月的事，距今已经十四个月。外星人是得到允许才登陆的，地球方面和它们之间建立起了良好的关系，最后还允许它们离开戒备森严的登陆地点——位于俄勒冈沙漠里的斯廷斯山附近——去和人类杂居在一起。有些外星人如今和联邦政府的科学家一起待在重建后的月球穹顶里，大家和平共处，另外地球上还有数千名外星人。它们总共就这么多人，或者至少可以说，总共就来了这么多人；像这样的细节很少对大众公开。它们原本居住在金牛座α星的一颗行星上，那儿的大气中含有甲烷，如今在地球上或是月球上，它们就得时刻都穿着那稀奇古怪的海龟服，不过它们似乎并不介意。穿海龟服的它们里面究竟是什么模样，奥尔心里也不清楚。它们没法出来，也不会画画。事实上，它们与人类的交流很有限，仅仅就是借助左肘发出语音以及充当某种听觉接收器；他甚至不确定它们能否看得见，是否有感觉器官可以感知可见光谱。有很多东西都是无法交流的——这是海豚问题,而且困难得多。不过,世界规划中心相信它们没有敌意,而且它们的人数也不是太多,目标又很明确,所以人类社会很热情地接纳了它们。可以看看不一样的人还是挺开心的。如果地球方面允许它们长住,它们似乎是有意留下的;有些人已经安顿下来,做起了小生意,它们好像很擅长推销和管理,以及太空飞行,来到地球以后,它们立刻就把这方面的先进知识分享给了人类的科学家。但它们还没有明确表示希望得到什么回报,也没有说清楚为何来到地球。它们似乎只是单纯地喜欢这里。外星人继续表现得像是勤劳、和平、守法的地球公民,关于"外星人接管"和"非人类渗透"的谣言也不攻自破,只有濒临灭亡的民族主义分裂团体中的多疑政客以及那些和真正的飞碟人谈过话的人才会说。

事实上,那个可怕的四月一日所留下的唯一痕迹似乎就是胡德山又恢复了活火山的状态。它并没有被炸弹击中,因为这一次根本就没有人扔炸弹。它就是自己醒了。现在有一股长长的灰褐色烟雾从那里向北方飘去。齐格扎格和罗多登德伦已经像庞贝和赫库兰尼姆一样消失了。塔博尔山公园里原本有个小火山口,近来在那附近又开了一个喷气孔,恰好处在城市的范围之内。于是塔博尔山地区的居民纷纷搬到了新兴的郊区,例如西伊斯特蒙特、栗子山庄园以及阳坡居民村。他们可以忍受胡德山在地平线上微微冒烟,但是如果火山在大街上喷发,那就太过分了。

奥尔在一家人挤人的柜台式餐馆买了一份淡而无味的炸鱼薯

条配非洲花生酱。他一边吃一边伤心地想，哎，我曾经让她在戴夫餐厅空等一场，现在是她让我空等一场。

他无法面对自己的悲伤，无法面对这种丧亲之痛。这是做梦导致的悲痛。他失去了一个从未存在过的女人。他想要吃吃东西、看看旁人。可是食物寡淡无味，人类全是灰色的。

餐馆玻璃门外的人群越来越密集：位于河边的波特兰体育宫是一个巨大而奢华的竞技场，人们正涌向那里去观看下午的表演。如今没人总是坐在家里看电视了，联邦政府的电视节目每天只播两个小时。欢聚在一起才是时髦的生活方式。今天是周四，下午的表演是近身肉搏，除了周六晚上的橄榄球比赛，这是本周最吸引人的演出了。其实死于近身肉搏战的运动员数量更多，但是他们缺少橄榄球比赛那种激动人心、宣泄情感的一面，橄榄球比赛纯粹就是大屠杀，同时有一百四十四人上场，鲜血浸透了竞技场的看台。尽管单个斗士的技术也不错，可是不像大规模杀戮那样能够使人的精神得到极好的发泄。

不要再打仗了，奥尔心想。盘子里的薯条还剩最后一点，潮乎乎的，他就不吃了，走进外面的人群里。再也不要……战争了……有一首歌这样唱道。曾经有过。这是一首老歌。再也不要……用的是哪个动词来着？不是打，这个字不合韵律。再也不要……战争了……

他迎面撞上了公民逮捕行动。一个皱纹满面、灰色皮肤的高个长脸男子逮住了一个脸色灰得发亮的矮个圆脸男子，抓着他外衣的前襟。人群在他俩周围擦身而过，有些人停下来观望，其他人则继续向体育宫挤去。"这是一次公民逮捕行动,路过的人请注意!"高个男子说道,他的声音很像男高音,听起来紧张又刺耳,"这个人是哈维·T.贡诺,患有无法治愈的腹部恶性肿瘤,可他却向当局隐瞒了自己的行踪,继续和他的妻子生活在一起。我名叫欧内斯特·林戈·马林,住在大波特兰地区阳坡居民村伊斯特伍德路西南2624287号。有没有十个人愿意做证?"一名证人帮忙抓着那微弱挣扎的罪犯,欧内斯特·林戈·马林则在数人数。奥尔逃走了,低下头扎进人群里,趁着马林还没用注射枪实施安乐死。获得公民责任证书的所有成年公民都佩有这种枪,他自己也带着一支。这是一项法律义务。不过他那支枪目前没有装子弹;在他成为接受个人福利管制的精神病患者时,枪里的子弹就被拿走了;但他们并没有拿走他的武器,如此一来,他暂时失去法律地位就不会成为对他的公开羞辱。他们向他解释说,像他正在接受治疗的这种精神疾病不能跟严重的传染病或遗传性疾病混为一谈,那些可是犯罪,应当受到惩罚。他不会觉得自己对人类种族构成任何威胁,也不会觉得自己是二等公民,一旦哈伯医生将他治愈,允许他离开,他的武器就会立刻重新装上子弹。

肿瘤,肿瘤……那场癌症瘟疫杀死了所有易患癌症的人——他们要么死在金融危机期间,要么婴儿时期就夭折了——使得幸存者免于遭受这种天谴,难道不是这样吗?是这样,但那是在另一个梦里,不是这个梦。癌症显然已经再度暴发,就像塔博尔山和胡德山。

学习。那首歌里用的是这个词。再也不要学习战争了……

他在第四大道和奥尔德大街的交叉口登上缆车，从灰绿色的城市上空飞驰而过，来到人类用途研究与发展部的大楼，它坐落在西山之巅，位于华盛顿公园高处，那里原是皮多克豪宅的旧址。

这里俯瞰着一切——城市、河流、西面的空蒙山谷、向北延伸的森林公园里那黑漆漆的高大群山。柱式门廊上方的白色混凝土上用整整齐齐的罗马大写体刻着一行铭文——字体之大显得任何内容都高贵起来：**为最多数人民谋最大之福祉。**

室内那巨大的黑色大理石门厅是仿照罗马万神殿建造的，中央穹顶的鼓形座周围刻着稍小一些的金色铭文：**人的研究对象应该是人类自己。—— A. 蒲柏（1688—1744）**

有人告诉奥尔，这座大楼的占地面积超过大英博物馆，更是比大英博物馆高出五层，而且可以抗震。不过它并不防炸弹，如今也没有炸弹了。地月战争结束以后，人们将剩下的核武器储备取出来，并在小行星带的一系列有趣的实验中把它们炸掉了。这座建筑可以抵御地球上的一切，也许只有胡德山能够与之抗衡。没准儿一个噩梦也可以。

他乘坐步行带来到大楼西翼，又搭乘宽大的螺旋扶梯到了顶楼。

哈伯医生依然在办公室里保留着他当分析师时用的沙发，这种谦卑更像是在炫耀，让他时时记得自己一开始不过就是一名私人医生，和他打交道的是一个个病人，而不是数以百万计的人民。不过，奥尔花了好一会儿才走到那张沙发旁边，因为哈伯医

天　钧

生的套间占地约半英亩，这里有七个房间。奥尔在候诊室门口对自动接待员说自己到了，先从正在电脑上打字的克劳奇小姐身边走过，然后经过公务办公室——这间办公室富丽堂皇，简直就差一个王位了，主任会在这里接待各国大使、代表团以及诺贝尔奖获得者，最后他来到一间稍微小点的办公室，这里有落地窗和沙发，一整面墙的仿古红木嵌板已经向后滑开了，露出一排壮观的研究机器：放大器的内部结构暴露无遗，哈伯探进去一半身子。"乔治，你来啦！"他用低沉的嗓音在里面说道，并没有回过头来，"稍等一下。我在给宝贝机器的荷尔蒙电偶[1]接入一个新的匹配埃尔及[2]。马上就好。今天的治疗我不打算进行催眠。坐吧。我一会儿就好，又在给它修修补补……我说，你还记得第一次去医学院时他们给你做的一系列测试吗？人格测验、智商测试、罗夏测验，等等。后来我又给你做了主题统觉测试以及一些模拟的冲突场景测试，大约是在你第三次来治疗的时候。记得吗？你想不想知道这些测试的结果？"

卷曲的黑发与胡须将哈伯的灰色脸庞圈在其中，这张脸猛地从拉开的放大器底盘上方冒了出来。他注视着奥尔，眼中映出落地窗外的天光。

"还行吧。"奥尔说，其实他想都没想过这茬儿。

"我认为现在是时候告诉你了，那些标准化的测试极其微妙，而且大有用处，在它们的参照系里，你很正常，正常得简直

---

[1] 原文为hormocouple，为作者自造词。
[2] 原文为ergismatch，为作者自造词。

像个异类。当然了，我说的'正常'并非专业术语，不具备确切的客观含义；用可量化的术语来说，你属于中等水平。比如说吧，你的外向性-内向性这一项得分是49.1。也就是说，你的内向系数比外向系数高0.9。这没什么不正常，但不正常的是，每一项测试中都出现了这种该死的模式，全面一致。如果你把它们都放在同一个图表里，那么你刚好处在正中间50的位置。比如说支配性，我记得你的得分是48.8。既不主导也不顺从。独立性-非独立性也是一样。创造性-破坏性——在拉米雷斯测评量表上——还是一样。两者都有，两者都没有。要么是这个，要么是那个。如果是对立的两个极性，你就在中间；如果是个天平，你就在平衡点上。从某种意义上说，你完全抵消掉了，什么也没剩下。不过，医学院的沃尔特斯对测试结果有不同看法，他说，你缺乏社会成就是因为你自己进行了全面调整，不管这是什么调整，还说我所看到的自我抵消是平静与自我和谐的一种特殊状态。由此你可以看出——实话实说——老沃尔特斯是个道貌岸然的骗子，他一直没有摆脱七十年代的神秘主义，但他的本意并不坏。总之，就是这样：你是图表中央的那个人。好了，现在要把葛兰达克利赤[1]和布罗卜丁奈格[2]连在一起了，我们已经准备就绪……见鬼！"他起身时脑袋撞到了控制面板，但是并没有关上放大器。"好吧，乔治，你是个怪人，而你最奇怪的地方就是，你一点也不奇怪！"他突然大笑起来，"今天我们尝试一个新办法。不催眠。不睡觉。不处于D状态，不

---

1 《格列佛游记》中的人名。
2 《格列佛游记》中的地名。

做梦。今天我想在你清醒的状态下给你接上放大器。"

奥尔的心一沉,虽然他也不知道自己为什么会这样。"这又是为了什么?"他问。

"主要是为了记录你的大脑在正常清醒状态下接入放大器时的节律。我对你的第一次治疗进行过全面分析,但那时放大器只能接收你当前发出的节律,其他什么也做不了。现在我将能够用它更为清楚地刺激和追踪你大脑活动的某些个体特征,特别是海马体中的曳光弹效应。然后我就可以将它们和你的D状态模式相比较,和其他大脑的模式相比较,无论是正常的还是不正常的。乔治,我在寻找你的工作原理,这样我就能知道是什么让你的梦境成为现实。"

"这又是为了什么?"乔治又问了一遍。

"为了什么?好吧,你来到这里,不就是为了这个吗?"

"我是来治病的。我想知道如何才能不让梦境成真。"

"如果给你治病就像一二三这么简单,他们还会把你送到研究所来,送到人类用途研究与发展部来——送到我这里来吗?"

奥尔用双手捂住脸,没有答话。

"我没法教你如何停止,乔治,除非我弄清楚你在做什么。"

"可是如果你真的弄清楚了,你会告诉我如何停止吗?"

哈伯向后一仰,几乎是脚跟着地了。"乔治,你为什么如此害怕你自己?"

"我不是害怕自己。"奥尔说道,他手心里全是汗,"我是害怕——"可他实在太害怕了,连那个字都不敢说出口。

"害怕改变现实,用你的说法。好的,我明白。我们已经经历过很多次了。为什么呢,乔治?你得问问自己。改变现实又怎么了?我在想,你这种自相抵消、总是试图使一切得到平衡的个性是否会导致你在看待事物时存有戒心。我希望你能试着摆脱自我,客观地从外部来理解自己的观点。你害怕失去你的平衡。但是改变未必会让你失去平衡;毕竟生活不是静物,而是一种过程,它不会静止不动。你的理智明白这一点,但你的情感却拒绝相信。从这一刻到下一刻,没有什么是一成不变的,你不可能两次踏入同一条河流。生命——进化——整个宇宙的时间、空间、物质、能量——存在本身——本质上就是变化的。"

"变化只是其中一个方面,"奥尔说,"另一个方面是不变的。"

"如果事物不再变化,那就是熵的最终结果,也就是宇宙的热寂。事物不停发展、相互影响、发生冲突、产生变化,越是如此,平衡就越少——生命力就越强。乔治,我是提倡生命高于一切的。生命本身就是一场冲破万难、孤注一掷的豪赌!你没法试着去安然度日,因为人生本就无常。把你的脖子从壳里伸出来,然后,全力去生活!重要的不是你如何到达目的地,而是你到了哪里。你害怕接受的是,我们正在这里进行一场真正伟大的实验——你和我。我们很快就会发现并控制一种全新的力量,它能使全人类都受益,这是一个全新的领域,关于反熵能量,关于生命力,关于去行动、去执行、去改变的意愿!"

"你说得都对。但是——"

天　钧

"但是什么，乔治？"这会儿他又变得慈爱而有耐心了，奥尔逼着自己说下去，尽管他明知道说了也没用。

"我们生活在这个世界里，而不是和这个世界对立。试图置身事外并以这种方式来运作是行不通的。这不管用，这样做和生活背道而驰。办法并不是没有，但你得遵循它才行。世界就是如此，无论我们认为它应该是怎样。你必须与它共存，必须顺其自然。"

哈伯在屋子里走来走去，驻足在朝北的巨大窗户前，窗外是宁静的圣海伦斯火山，它并没有喷发。他点了几次头。"我明白，"他说着转过身来，"完全明白。但是，乔治，让我来换个说法，也许你会明白我想要的是什么。假设你孤身一人在马托格罗索的丛林里，看见一位当地妇女躺在小路上，因为被蛇咬了而奄奄一息。你的装备里有血清，而且数量很多，就算有数千人被蛇咬伤，这些血清也足够把他们治好。你是否会因为'事情本该如此'而不给她血清——你是否会'让她顺其自然'？"

"这要看情况。"奥尔说道。

"看什么情况？"

"嗯……我也不知道。如果确实有转世轮回这回事，你也许是阻止了她获得更美好的来世，迫使她继续过着悲惨的生活。又或者你治好了她，结果她回到家，在村里谋杀了六个人。我知道你会给她血清，因为你有，而且你觉得她很可怜。然而你并不知道自己做的是好事还是坏事，或者既是好事又是坏事……"

"好！说得好！我知道蛇毒血清是做什么的，但我不知道自己在做什么——很好，如果是这么说，我很乐意相信。这又有什么区别呢？坦率地说，大部分时候，我都不知道自己到底在用你那个古怪的大脑做什么，你也不知道，可我们已经在做了——所以，我们能继续了吗？"他的阳刚之气和真诚魄力让人无法抗拒，他大笑起来，奥尔唇边也露出一丝淡淡的微笑。

不过，在哈伯给他接上电极时，奥尔还是做了最后一次努力去跟他沟通。"我在来这里的路上看见一位公民遭到逮捕并被处以安乐死。"他说。

"为什么会这样？"

"人种改良。他得了癌症。"

哈伯点点头，警觉起来。"难怪你意志消沉。你还是没有完全接受这一点——为了公众的利益而使用可控的暴力，也许你永远都接受不了。乔治，我们所在的世界只讲究实际。这是一个现实的世界。但是正如我说过的，人生无常。这个社会是铁石心肠的，而且心肠会一年更比一年硬：未来将证明这一点。我们需要健康，我们没有空间留给身患不治之症的病人，因为基因受损者会使物种退化；我们没有时间浪费在无谓的痛苦上。"他说话时热情洋溢，听起来比平日更加空洞。奥尔不禁想知道，哈伯究竟有多喜欢这个显然由他所创造的世界。"现在你像这样坐着就行，我不希望你习惯性地睡着。好的，很好。你可能会觉得烦。我希望你就这样坐一会儿。不要闭上眼睛，愿意想什么就想什么。我就在这儿摆弄宝贝机器的内部零件。现在我们开始吧，好。"他按下了放大器右边墙板上白色的启动按钮，就在沙发的上首旁边。

天　钧

　　林荫道上的人群里，一位路过的外星人轻轻挤了奥尔一下，于是它抬起左肘道歉。奥尔也嘟囔了一句："对不起。"它停下脚步，半挡着他的路，他也停了下来，这九英尺高、绿色盔甲里生物的泰然自若让他吃了一惊。它怪模怪样，简直滑稽，看起来像一只海龟，却也像海龟一样有种奇特而巨大的美，生活在阳光下的任何生灵、行走在地球上的任何生物都没有它那种宁静的美感。

　　它那依然抬起的左肘发出干巴巴的声音："约约。"

　　奥尔过了一会儿才反应过来，这双音节的火星语是他自己的名字，他有点难堪地说："没错，我是奥尔。"

　　"请原谅我的打扰。你是个能够iahklu'的人类，我们先前注意到。这让自己很烦恼。"

　　"我没有——我想——"

　　"我们也有各种困扰。概念在迷雾中交叉。感知很难。火山喷火。我们提出帮忙：拒绝了。蛇咬伤的血清不是谁都能用。有人领错了方向，在跟从错误的指示之前，可以立即召集辅助力量，就像后面这样：Er'perrehnne！"

　　"Er'perrehnne。"奥尔不由自主地重复道，他满脑子都想弄明白外星人对他说的话是什么意思。

　　"如果需要的话。雄辩是银，沉默是金。自我就是宇宙。请原谅打扰，穿越迷雾。"尽管这位外星人没有脖子也没有腰，却好像鞠了一躬，随后走了过去，巨大的绿色身影比灰色面孔的人群高出一截。奥尔站在原地，注视着它的背影，直到哈伯说道："乔治！"

"怎么了？"他呆呆地看着周围的房间、书桌和窗户。

"你到底做了什么？"

"什么也没做。"奥尔说。他还坐在沙发上，头发上满是电极。哈伯按下放大器的关闭按钮，绕到沙发前面，先盯着奥尔，然后盯着脑电图的屏幕。

他打开机器，查看里面用笔记录在纸带上的永久记录。"我还以为自己看错屏幕了。"他说着笑了一声，这笑声很古怪，比他平日那种放声大笑简短许多。"你的大脑皮层里有怪事发生，可我甚至压根儿没有用放大器向你的大脑皮层输入信号，我才刚开始对脑桥施加轻微刺激而已，没什么特别的……这是什么……天哪，这里肯定有一百五十毫伏。"他猛地转头看着奥尔，"你刚才在想什么？重新给我说一遍。"

奥尔觉得很不情愿，他似乎感觉到了威胁和危险。

"我想——我刚才在想外星人。"

"金牛座α星人？还有呢？"

"我就是想到我在街上看到的那个外星人，在来这里的路上。"

"所以这让你想起了——有意识或是无意识地——在你眼前执行的那次安乐死。对吗？很好，这也许可以解释情绪中心的有趣现象，放大器把它识别出来并进行了放大。你一定感觉到了——你脑子里在想一些特别的、不寻常的事情？"

"没有。"奥尔实话实说。他并没有觉得不寻常。

"好吧。听我说，要是我的反应让你不安的话，那我得告诉你，我已经把这台放大器连接到我自己大脑上几百次了，就是在实验室里，实际上也有四十五位不同的实验对象。它对你的伤害不会比对他们的伤害更大。但是这个读数对于成年受试者而言极不寻常，所以我只是想跟你确认一下，看看你是否有主观感受。"

哈伯这是在安慰他自己，而不是安慰奥尔。不过这也没关系了，奥尔不需要他的安慰。

"那好。我们再来一次。"哈伯重新启动脑电图仪，按下放大器的启动按钮。奥尔咬紧牙关去面对混沌与暗夜。

可是并没有什么混沌与暗夜。他也没在市中心跟一只九英尺高的海龟聊天，而是依然坐在舒舒服服的沙发上，看着窗外雾霭迷蒙的蓝灰色圣海伦斯火山。一种幸福的感觉静悄悄地涌上他心头，就像黑夜里的小偷，他坚信一切都很好，尽在他掌控之中。自我就是宇宙。他不可以被孤立、被束缚。他回到了属于自己的地方，所以他心平气和，因为他十分清楚自己在哪里，也知道其他的一切在哪里。这种感觉对他而言既不是幸福的，也不是神秘的，只是平平常常罢了。他的感觉一般都是如此，除了在发生危机或是极度痛苦的时候；这是他童年时的心境，也是他少年时代和成年以后最美好最刻骨铭心的那些时光的心境；这就是他的天性。然而过去这几年，他渐渐丧失了这种天性，如今已经所剩无几，他却还几乎不自知。四年前的这个时候，四年前的那个四月，发生了一件事，让他一时间完全失去了那种平衡；最近他吃了药，做了梦，不断从一种人生记忆跳跃到另外一种，哈伯越是改善生活的本质，他的生活就越糟糕，这一切让他完全偏离了原来的轨道。现在他突然又回到了属于自己的地方。

他知道这不是他一个人能做到的。

于是他大声说道:"这是放大器做的吗?"

"做什么?"哈伯说着又从机器旁边探出身子去看脑电图屏幕。

"哦……我也不知道。"

"从你的眼光来看,它什么也没做。"哈伯带着一丝怒意答道。在这样的时候,哈伯还挺招人喜欢的,他不扮演任何角色,也没有假装在回应,而是全神贯注,想要从机器那迅速而微妙的反应中了解到情况。"它只是放大了你自己的大脑此刻的所作所为,有选择性地强化这些活动,而你的大脑所做的事情一点也不有趣……看。"他飞快地做了点笔记,回到放大器跟前,身体后仰着去观察小屏幕上那些抖动的线条。他转动调节控制器,将看似在一起的三条线分离开,然后再把它们合到一起。奥尔没有再去打断他的工作。有一回,哈伯突然开口道:"闭上眼睛。把眼珠朝上转。好的。不要睁开眼睛,试着去想象一样东西——红色立方体。很好……"

最后,当他关闭机器、开始取下电极时,奥尔心里那种宁静的感觉并没有消失,就像药物或酒精诱发的情绪一样留了下来。奥尔不假思索、毫不胆怯地说:"哈伯医生,我不能再让你利用我那些成真的梦了。"

"呃?"哈伯说道,他的心思仍然在奥尔大脑上,不在奥尔身上。

"我不能再让你利用我的梦了。"

"利用你的梦？"

"利用我的梦。"

"你爱怎么说就怎么说吧。"哈伯说。他直起身，居高临下地站在依然坐着的奥尔面前。这个灰皮肤的大块头肩宽胸阔，胡须有点卷，眉头紧锁。你的神是忌邪的神。"对不住，乔治，但是你没有资格这么说。"

奥尔的神既无姓名亦无恶意，既不要人崇拜，也不要人服从。

"我说了又怎样？"他温和地答道。

哈伯俯视着他，真真切切地看了他一会儿，把他看在眼里。他似乎畏缩了，就好像有个人以为只是掀开纱帘，结果却发现那是一扇花岗岩大门。他走到房间另一边，在自己的办公桌后面坐下来。这时奥尔站起身来，稍微伸了伸懒腰。

哈伯用灰色的大手抚摸着他的黑胡子。

"我眼看 —— 不，我很快 —— 就要取得突破了。"他说，低沉的嗓音既不洪亮也不欢快，而是阴沉有力的，"我在反馈-消除-复制-放大的程序中使用你的大脑模式，目前正在给放大器编程来重现你在有效梦境中获得的脑电图节律。我称之为E状态节律。等我对它们进行充分概括后，我就能够把它们叠加到另一个大脑的D状态节律上，我相信，经过一段时间的同步，它们就能诱导那个大脑做梦成真了。你明白这意味着什么吗？我将能够在一个精挑细选、经过训练的大脑中诱发E状态，就像心理学家利用脑电刺激引得猫发怒或是让精神病患者平静下来一样容易 —— 而且是更容易，因为我可以在不植入触点或是化学物质的情况下进行刺激。再有几天，也许几个小时，我就能达成这个目标了。一旦我成功，你就获得了解脱，我也不需要你了。我并不喜欢和不情不愿的受试者合作，如果受试对象接受过适当的训练，而且对此感兴趣，那么进展会快得多。但是在我做好准备之前，你还有用。这项研究必须完成。它可能是有史以来最重要的科学研究。我非常需要你，要是你对我这个朋友、对追求知识以及对全人类福祉的责任感还不足以让你留在这里，那么我很愿意强迫你为更崇高的事业服务。如果有必要，我会申请强制治疗——个人福利管制令。如果有必要，我会使用药物，就好像你是个暴力的精神病患者。此事如此重要，你却拒绝提供帮助，所以你肯定是疯了。不过，自不必说，我更希望你能心甘情愿地帮我，而不需要我在法律上或是精神上胁迫你。对我来说，这很重要。"

"对你来说，这真的不重要。"奥尔说道，他并不想吵架。

"你为什么现在来跟我吵？为什么是现在，乔治？你已经付出了那么多，我们离目标又是这么近？"你的神喜欢责怪人。不过，罪恶感可对付不了乔治·奥尔，要是他经常有罪恶感，那就活不到三十岁了。

"因为你拖得越久，情况就越糟糕。如今你不是要阻止我做梦成真，而是打算开始自己做梦。我虽然不希望除我之外的全世界都活在我的梦里，但我肯定更不想活在你的梦里。"

"你这话什么意思——'情况就越糟糕'？乔治，你看看这里。"男人和男人之间的对话。理智将会取胜。要是我们能坐下来好好谈谈就好了……"在我们一起工作的几个星期里，这就是我们的成就。消除了人口过剩问题，恢复了城市生活的质量和地球的生态平衡。消灭了癌症这一主要杀手。"他弯起粗壮的灰色手指头，开始一一列举，"消除了肤色问题和种族仇恨。消灭了战争。消除了物种退化的风险，避免培育出有害的基因种群。消除了——不，是正在消除——全世界范围内的贫困问题、贫富差距以及阶级斗争。还有什么？精神疾病、对现实的不适应，消除这些还需要一点时间，不过我们已经迈出了第一步。在人类用途研究与发展部的指导下，人类身体和精神上的痛苦会不断减少，有效的个人自我表达则会持续增加，这是一直在进步的。进步啊，乔治！我们在六周内取得的进步比人类六十万年的进步还要多！"

奥尔觉得有必要对这些论点进行回击。他开口道："可是民主政府到哪里去了？人们什么选择权也没有了。为什么所有的东西都这么劣质，为什么每个人都这么不开心？你甚至分不清他们谁是谁——越年轻就越难辨认。世界政府的任务是把所有的孩子都放在那些中心里养大——"

可是哈伯却火冒三丈地打断了他："育儿中心是你的创意，不是我的！我只是像往常一样，在暗示中简单概述了你做梦时需要的东西；我也试着暗示过其中一些事情的执行方法，但是这些暗示似乎从未被采纳过，要不就是被你那该死的初级思维过程扭曲得面目全非。你用不着对我说，你抵制和反感我为人类所做的一切，你知道——这从一开始就是明摆着的。我迫使你向前迈出的每一步，都被你抵消了，你做梦时会设法达到这个目的，但正是那些迂回或愚蠢的法子让你陷于瘫痪。每一次，你都想要后退一步。你自己的驱动力完全是消极的。要不是你做梦时处于强有力的催眠之下，几个礼拜前世界就已经被你化为灰烬了！看看你和女律师出逃那晚差点做了什么——"

"她死了。"奥尔说。

"很好。她对你的影响是破坏性的、不负责任的。你没有社会良知，也不具备利他主义思想。你就是个道德水母。每一次我都要在催眠时向你输入社会责任感，每一次都被你阻挠了、毁掉了。育儿中心就是这么个情况。我认为，核心家庭是神经质人格结构的主要塑造者，在理想社会里，有些办法是可以改变它的。可你的梦却只抓住了那些对它们最粗陋的解读，将之与廉价的乌托邦思想又或者是愤世嫉俗的反乌托邦思想混为一谈，然后造出了这些中心。尽管如此，这也比它们所取代的旧世界要好！你知道吗？在这个世界上其实很少有精神分裂症患者。这是一种罕见病！"哈伯咧开嘴笑了，他的黑眼睛放出光来。

"情况确实比——比从前好多了。"奥尔说道，他已经对讨论不抱希望了，"但你越是不肯收手，情况就越糟。我不是想阻挠你，而是你想做自己做不到的事情。我有这个——这个天赋，这我知道；我也知道自己身负的义务。我只在必要的时候才会使用它。在别无选择的情况下。但是现在我们有选择。所以我得停手了。"

"我们不能停手——这才刚刚开始呢！我们就要对你的能力

取得控制了,我已经胜利在望,一定会做到的。这是人类大脑的新能力,它能给全人类都带来益处,任何个人恐惧都无法阻挡这个进程。"

哈伯又做起了演讲。奥尔看着他,哈伯那对浑浊的眼睛虽然直视着他,却没有回应他的目光,眼里压根儿没有他。哈伯还在滔滔不绝地说着。

"我要做的是让这种新能力具备可复制的属性。这与印刷术的发明有相似之处,任何新技术或是科学概念的应用都是如此。如果实验或是技术不能被其他人成功复制,那它就毫无用处。同样地,如果E状态只能锁定于某一个人的大脑,那它对人类就毫无用处,就像锁在房间里的钥匙,又像没有实际价值的单一天才突变。但我会有法子把钥匙从那个房间里拿出来。这把'钥匙'将是人类进化史上的伟大里程碑,同样也是理性大脑本身的一大发展!任何有能力、有资格使用它的大脑,都将如愿以偿。当一个训练有素、准备就绪的合适对象在放大器的刺激下进入E状态时,他将完全处于自我催眠控制之下。没有什么会交由偶然的可能性、随机的冲动以及非理性的自恋幻想来决定。你向往虚无主义,而我想要不断改进,你希望涅槃,而我则有意识为全人类的福祉做打算,今后我们的关系就不会再紧张了。等我掌握这些技巧之后,你就自由了。彻底自由了。既然你一直声称,你只想卸下责任,让自己失去做梦成真的能力,那么我保证,在我的第一个有效梦境里,我就会'治愈'你——你再也不会做梦成真了。"

奥尔已经站起来了,他静静地站在那里,看着哈伯,他一脸平静，但高度警觉、非常理智。"你会控制你自己的梦，"他说，"凭着你的一己之力——没有人帮助你，也没有人监督你？"

"我控制你的梦已经好几个星期了。就我而言，这是我自己的实验，我当然会是第一个受试者，这是绝对的道德义务，在我自己的实例中将会实现完全控制。"

"我也试过自我催眠，在我服用抑制做梦的药物之前——"

"是的，以前听你提过这事，你自然是失败了。有抵触心理的实验对象是否能成功实现自我暗示，这是个有趣的问题，但我们绝不是在测试这个问题。你并非专业的心理学家，也不是训练有素的催眠师，况且整件事情已经令你情绪不稳了，所以你当然一无所获。但我是专业人士，而且我很清楚自己在做什么。我可以对自己暗示一个完整的梦境，梦里的每一个细节都和我清醒时构想的一模一样。而且我已经这么做了，在过去的一周里，我每天夜里都在进行训练。等到放大器将普遍的E状态模式和我自己的D状态完成同步时，这样的梦境就会成为现实。到了那时——到了那时——"他那卷曲胡须底下的嘴唇张开了，露出一种明显扭曲的笑容，看到他欣喜若狂地咧嘴笑，奥尔转过头去，仿佛看见了什么一直不想看到的东西，既可怕又可怜。"到了那时，这个世界就会像天堂一样，凡人则会像神灵一样！"

"我们就是神灵，已经是神灵了。"奥尔说道，不过对方丝毫没有理会。

"没什么好怕的。危险的是——如果我们知道有危险的话——你独自拥有做梦成真的能力却不知该怎么办。如果你没有来找我，如果他们没有把你送到训练有素的科学家手里，谁知道会发生什么事。但是你在这里，我也在这里——正如他们所说，天才就意味着在正确的时间出现在正确的地点！"他大声笑了起来，"所以没什么好怕的，这一切不是你能控制的。从科学和道德的角度，我都知道自己在做什么，也知道该怎么做。我知道自己的目标在哪里。"

"火山喷火。"奥尔喃喃道。

"你说什么？"

"我现在可以走了吗？"

"明天五点再来。"

"我会来的。"奥尔说完就走了。

他醒来之后,走下梦的北坡的山腰。

——维克多·雨果《静观集》[1]

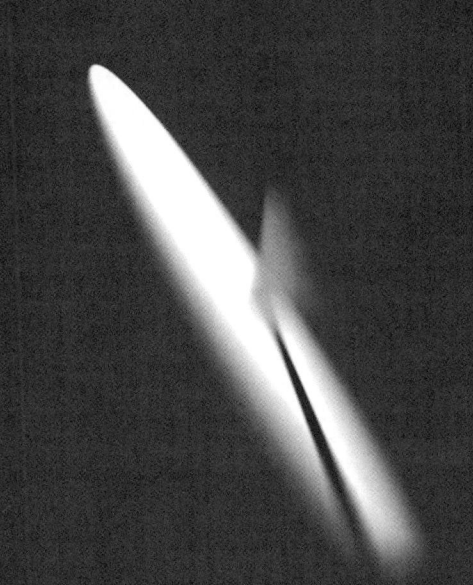

---

[1] 引自程曾厚译《静观集》,译林出版社2013年版。

THE LATHE OF HEAVEN

10 TEN

现在才三点钟，他本该回到自己位于园林处的办公室，完成东南郊区游乐区的规划，可他没有回去。他略想了想就打消了这个念头。虽然他的记忆让他确信自己担任这个职位已有五年之久，但他并不相信自己的回忆，这份工作让他觉得不真实。所以他不是非做不可。这不是他的工作。

他意识到，他实际上只拥有一种现实、一种生活，可是大部分的现实生活都被降格为非现实了，如此一来，他所冒的风险跟精神错乱者是一模一样的：失去自由意志的感觉。他知道，只要一个人否认事实，他就会被不真实的东西所支配，各种冲动、幻想和恐惧会蜂拥而至，填补空虚。可是他并不空虚。这种生活缺乏真实感，它是空洞的；他的梦在没有必要创造的地方进行创造，如今已经千疮百孔、破旧不堪。如果这就是生活，那也许空虚还要更好。他会接受那些怪物的存在，也会接受毫无道理的种种必然。他要回家，不吃药就睡觉，梦到什么就是什么。

他在市中心下了缆车，但是没有换乘电车，而是走向自己所住的区域，他一向很喜欢走路。

经过洛夫乔伊公园，有一段古老的高速公路依然矗立在那里，那是一个很大的斜坡，也许是七十年代最后一次高速公路疯狂大建设时的产物；它原先一定是通向马夸姆大桥的，如今却在弗朗特大街上方三十英尺的半空中戛然而止。瘟疫年代结束之后，人们对这座城市进行了清理和重建，但是并没有拆毁这段公路，也许是因为它太大太丑太无用，所以美国人对它视而不见。它就矗立在那里，几丛灌木已经在车道上扎下了根，坡道下方有人盖了一堆乱七八糟的建筑，好像悬崖上的燕子巢穴。在这个几乎都说不清算不算城市的寒酸地方，小商店、独立市场和让人倒胃口的小饭馆等依然在奋力支撑，尽管如今对于消费品有着非常严格的全面平等配给规定，还有世界规划中心的大型集市以及批发商店带来的压倒性竞争——世界贸易有90%的份额都是借由这些渠道进行的。

坡道下面的这些商店中有一家是旧货店，窗户上方的招牌写着"古董"，玻璃上还画着一块字迹潦草、颜色剥落的招牌，上面写的是"容克"。有一扇窗户后面摆着几件又矮又胖的手工陶器，另一扇窗户后面放着一把旧摇椅，一条被虫蛀过的佩斯利涡纹旋花纹披肩挂在摇椅上。在这些主要陈列品周围还散落着各种各样的文化垃圾：一块马蹄铁、一个手动上发条的时钟、一个来自乳品店的神秘物件、装在相框里的艾森豪威尔总统照片、微微有些碎裂的玻璃球——里面放着三枚厄瓜多尔硬币、装饰有小螃蟹和海藻的塑料马桶盖、一串被摸旧的念珠，还有一摞45转的高保真老唱片，上面标有"Gd Cond"的字样，但是明显有刮痕。奥尔心想，希瑟的母亲也许就曾经在这样的地方工作过一阵子。他一时冲动，走了进去。

　　店里凉爽而幽暗。其中一堵墙就是坡道的一段，这一大片黑压压的高大混凝土毛坯就像海底洞穴的岩壁。从渐渐退去的阴影间，从笨重的家具、大量的破旧酒泼画以及仿古纺车（如今已经变成了真正的古董，然而依然没有用处）之间，在这些无主之物的阴暗边缘之间，一个庞大的身躯出现了，它仿佛在无声无息地慢慢向前飘浮，就像个爬行动物：店主是个外星人。

　　它抬起弯曲的左肘说道："你好。你想买东西吗？"

　　"谢谢，我就是看看。"

　　"请继续看吧。"店主说完便退回到阴影里，一动不动地站着。奥尔看着光影在几根破旧的孔雀羽毛上戏耍，又仔细看了一台一九五〇年产的家用电影放映机、一套蓝白相间的日本清酒酒具、一堆《疯狂》杂志——价钱还不便宜呢。他举起一把实心钢锤，在手里掂了掂——这件工具制作精良，是个好东西。"这是你自己选的吗？"他问店主，想知道外星人自己能从美国富裕年代的这些碎片杂物中收获什么。

　　"来什么收什么。"外星人答道。

　　这倒是英雄所见略同。"不知道你能否告诉我一件事。在你们的语言里，iahklu'这个词是什么意思？"

　　店主又一次慢慢走上前来，小心翼翼地将龟壳似的宽大盔甲挤过一件件易碎品。

"无法言传。用于与单独个人交流的语言不会包含其他形式的关系。约约。"它缓慢地、也许有点试探地伸出右手——一只巨大的绿色鳍状肢,"蒂瓦克·恩比·恩比[1]。"

奥尔和它握了握手。它一动不动地站在那里,显然是在打量他,尽管在它那充满蒸汽的黑色玻璃头盔里看不到眼睛。如果那是头盔的话。在那绿色的外壳里,在那强大的盔甲里,是否真的有实体存在?他也不知道。不过,他觉得和蒂瓦克·恩比·恩比相处十分自在。

"我想,"他一时心血来潮地说,"你应该不认识姓勒拉赫的人吧?"

"勒拉赫。不认识。你在找勒拉赫。"

"我把勒拉赫给弄丢了。"

"穿越迷雾。"外星人评述道。

"差不多就是这样。"奥尔说。他从面前拥挤的桌子上拿起一尊弗朗茨·舒伯特的白色半身像,大约两英寸高,也许是钢琴教师送给学生的奖品。学生在底座上写着"我有什么可担心的"。舒伯特的脸色温和而冷漠,就像戴着眼镜的佛陀。"这个多少钱?"奥尔问。

"五个新美分。"蒂瓦克·恩比·恩比答道。

奥尔掏出一枚联邦政府发行的五分镍币。

---

[1] 外星人名,原文为Tiua'k Ennbe Ennbe。

"有没有什么办法可以控制iahklu',让它走……它该走的路?"

外星人接过硬币,侧着身子庄重地走向一台镀铬的收银机——奥尔原本以为这也是用来出售的古董。它将货款记入收银机,然后静静地站了一会儿。

"一燕不成夏,"它说,"人多力量大。"说完它又沉默了,显然对这种缩小交流差距的努力成果不甚满意。它一动不动地站了半分钟,然后走到橱窗那里,用精准而僵硬的动作小心翼翼地从那里展示的古董唱片里挑出一张,拿给了奥尔。那是披头士乐队的唱片《朋友们的一点帮助》。

"礼物,"它说道,"你接受吗?"

"接受。"奥尔说着接过唱片,"谢谢你——非常感谢。你真是太好了。我很感激。"

"不客气。"外星人说。虽然发出的机械化的声音语调平平,那副盔甲也看不出表情,但奥尔相信蒂瓦克·恩比·恩比实际上还是挺高兴的;他自己也被感动了。

"我可以在房东的留声机上播放这个,他有一台老式留声机。"他说,"非常感谢。"他俩又握了握手,然后他离开了。

他一边朝科贝特大街走去,一边想,毕竟,外星人站在我这边也不奇怪。从某种意义上说,是我创造了它们。当然,我并不知道这究竟是哪种意义。但是,在我梦到它们之前,在我让它们到来之前,它们肯定不在这里。所以我们之间是有关联的——一直都有。

当然了（他继续边走边想，思考和步行的速度刚好一致），如果这是真的，那么如今的整个世界应该也站在我这边，因为其中有一大部分是我在梦里创造出来的。好吧，毕竟它就是我这边的。换句话说，我是它的一部分，而不是和它各自独立。我走在地面上，地面被我踩在脚下，我呼吸着空气，改变着空气，我和世界是完全相通的。

只有哈伯不一样，而且我每做一次梦，他就越发不同。他和我相反：我和他的关系是负面的。这个世界有一面是他造成的，是他命令我梦到的，就是那一面让我觉得疏离、无力去反抗……

他并非恶人。他是对的，人应当尽力去帮助他人。但是关于蛇毒血清的那个类比就错了。他说的是一个人遇到了另一个痛苦的人。这是不一样的。也许我所做的——我在四年前那个四月所做的……本就是事出有因……（但他的思绪却一如既往地避开了被烧毁的那个地方。）你必须帮助他人。但是对着普罗大众扮演上帝就是另一回事了。要当上帝，你就得知道自己在做什么，而且做的都是好事，如果你只是相信自己是对的、自己的动机是好的，这可不够。你必须……保持联系。他就没有保持联系。在他看来，任何人甚至是任何事物都没有其自身的存在，他只把这个世界当成达到目的的手段。如果他的目的是好的，这倒也没什么关系；然而我们得到的却只是手段……他接受不了，也不能放手，不能顺其自然。他疯了……如果他真的能像我一样做梦，他会带着我们所有人都与世隔绝的。我该怎么做呢？

想到这个问题时，他刚好走到科贝特街的那栋老房子。

天　钧

　　他在地下室停留了一会儿,去问管理员曼尼·阿伦斯借老式留声机。他俩还一起喝了一壶茶。曼尼总是为奥尔沏茶,因为奥尔从不抽烟,而且闻到烟味就咳嗽。两人讨论了一会儿国际大事。曼尼不喜欢观看体育表演,他就待在家里,收看世界规划中心每天下午为育儿中心的孩子们播放的教育节目。"这个名叫嘟比嘟的鳄鱼木偶真酷。"他说。他俩谈话间经常有长久的沉默,曼尼的脑子就像一匹布,由于多年来使用过无数化学药品,这匹布已经被磨得很薄,还有一个个大洞。但是,在他这间肮脏的地下室里,奥尔却觉得清静安宁,喝着淡淡的大麻茶,他也能稍微放松一点。最后,他吃力地把留声机搬上楼,放在他那空荡荡的客厅里,将插头插进墙上的插座,然后把唱片放上去,盘片转动起来,他拿起悬在盘片上方的唱臂。他想要怎样?

　　他也不知道。他以为自己是想帮忙。好吧,来什么就收什么,正如蒂瓦克·恩比·恩比所说的那样。

　　他小心翼翼地将唱针放在外圈的纹道上,随后在留声机旁边布满灰尘的地板上躺了下来。

　　你需要谁吗?
　　我需要有人来爱。

　　留声机是自动的,唱片播完以后,它轰隆隆地轻声响了一会儿,接着内部发出咔嗒一声,唱针又回到第一圈纹道。

> 我勉强过活，靠着一点帮助，
> 靠着朋友们的一点帮助。

唱片重播到第十一遍时，奥尔沉沉地睡着了。

希瑟醒来时很是不安，这个被暮光照亮的房间里没有家具，天花板很高，这究竟是哪儿？

她刚才睡着了。她坐在地板上，背靠钢琴，伸直双腿，就这样睡着了。大麻总是令她昏昏欲睡，还会叫她犯傻，可是她又不好拒绝曼尼，那样会让这可怜的老烟鬼伤心。乔治平躺在地板上，活像只被剥了皮的猫，他旁边就是留声机，唱盘还在缓慢旋转，播放着《朋友们的一点帮助》。她慢慢调低音量，然后关掉机器。乔治一动也没动，他双唇微启，两眼紧闭。他俩居然都听着音乐睡着了，这可真是蹊跷。她站起身，走进厨房去看看晚餐能做什么吃。

谢天谢地，有猪肝。它很有营养，如果按重量计，用三张肉类配给票买它最划算。这是她昨天碰巧在市场里买到的。嗯，切成薄片，和腌猪肉以及洋葱一起炒……绝了。哦，好吧，她反正是饿得连猪肝都能吃下去，乔治也不是挑食的人。如果是像样的食物，他就津津有味地吃下去，如果是糟糕的猪肝，他也会吃。感谢上帝赐予万福，也感谢他降下好性子的男人。

她摆好餐桌，放上两个土豆和半棵卷心菜开始煮，可她时不时就会停一下，因为觉得很别扭。她好像分不清方向。肯定是因为那该死的大麻，还有一直睡在地板上。

乔治走了进来，头发乱糟糟的，全身都是灰尘。他盯着她看。她开口道："噢。早上好！"

他站在那里，微笑地看着她，那是发自内心的灿烂笑容。她这辈子还从未受过此等恭维；他是因为她才这么高兴，她有点害臊。"我亲爱的妻子。"他说着握住她的双手，翻来覆去地看了看，然后将她的手贴在自己脸上。"你的皮肤应该是棕色的。"他说。她诧异地看见他眼中竟然有泪水。有那么一瞬间，就在那一刻，她明白了这是怎么回事；她记得自己的皮肤曾经是棕色的，也记起了小木屋那晚的寂静，记起了小溪的喧嚣，还想起许多其他事情，就在那一瞬间。但更要紧的是想起乔治。她抱着他，他也抱着她。"你累坏了，"她说，"心烦意乱的，在地板上就睡着了。都怪那个浑蛋哈伯。别再去找他了。我们不去了。我才不在乎他在干什么，我们告到法庭上去，我们要上诉，哪怕他给你强制令，把你关在林顿精神病院，我们也要给你换个心理医生，再把你弄出来。你不能继续去找他治疗了，他会毁了你的。"

"没人可以毁掉我，"他说着笑了一下，这笑声来自他胸口深处，听着简直像是一声呜咽，"只要我有朋友们的一点帮助。我还会去找他，但是这事不会持续太久了。如今我放心不下的并不是自己。你别担心……"猪肝和洋葱在锅里咝咝作响，他们俩抱在一起，紧贴彼此，尽力不留空隙，完全成为一体。"我也睡着了，"她对着他的脖子说道，"给老鲁蒂打那些愚蠢的信件打得我头昏眼花。不过你买的唱片可真不错。我小时候很喜欢披头士，可惜政府电台再也不播了。"

"这是别人送给我的。"乔治说。然而猪肝在锅里发出了爆裂声,她只得从拥抱中挣脱出来去看看。吃晚餐时,乔治打量着她,她也观察了他好长时间。他们结婚已经七个月了。两人聊了一些琐事,然后洗好碗碟、上床就寝。在床上,他们做爱了。爱并不是像石头一样放在那里就行,而是做了才有,就像面包;不断重做,常做常新。做完以后,他们俩抱在一起,满怀爱意沉沉睡去。希瑟在睡梦中听到小溪的咆哮声,其中还有许多未出世的孩子唱歌的声音。

乔治在睡梦中看到了大海深处。

希瑟在庞德与鲁蒂法律事务所当秘书,这家事务所成立已久,如今毫无用处可言。第二天是周五,四点半下班以后,她并没有搭乘轻轨和电车回家,而是乘坐缆车上山来到华盛顿公园。她跟乔治说过,也许她会到人类用途研究与发展部去找他,他的精神治疗要到五点才开始,结束以后他们可以一起回到城里,然后在国际购物中心找一家世界规划中心的餐厅吃饭。"不会有事的。"他对她说道,心里明白她为什么要这么做,同时也是说明自己真的不会有事。她答道:"我知道,但是在外面吃饭还挺有意思的,我攒了一些配给票。我们还没尝过玻利维亚之家的菜呢。"

她提早到达了人类用途研究与发展部的大楼,于是坐在宽大的大理石台阶上等着。他是乘下一班车到达的。她只看见他下车,压根儿没看见跟他一起下车的还有谁。他身材矮小、衣着整洁、老成持重,脸上的表情和蔼可亲。他行动很灵活,尽管像大多数伏案工作的人一样有点驼背。当他看到她时，他那双清澈的浅色眼睛似乎变得更明亮了，随后他露出微笑：又是那种令人动情的笑容，充满纯粹的喜悦。她深深地爱着他。要是哈伯再敢伤害他，她就进去把他撕成碎片。一般来说，她不会有如此强烈的情绪，但是涉及乔治就不一样了。总而言之，她今天觉得自己和平常不一样，虽然她并不知道原因何在。她觉得自己更勇敢、更强硬了。上班的时候，她把"狗屎"大声说出了口，而且还说了两次，听得老鲁蒂直往后缩。她以前几乎从来没有大声说过"狗屎"这个词，今天说这两回倒也不是有意为之，但她还是说了，仿佛这是旧习难改……

"嗨，乔治。"她说。

"嗨，"他说着握住她的双手，"你真美，真美。"

怎么会有人认为这个男人有病？好吧，他做的梦确实古怪。这也比平平无奇、无趣至极要好，在她认识的人里，大约有四分之一都是这样的。

"已经五点了，"她说，"我就在楼下等你。要是下雨，我就到大厅里去。那里面简直像拿破仑的陵墓，那些黑色大理石什么的。不过外面倒挺好，还能听见山下动物园里狮子的吼声。"

"跟我一起上去吧。"他说，"已经在下雨了。"天确实在下雨，春天总是飘着温暖的毛毛细雨，下个没完没了——那是南极洲的冰层，轻轻落在孩子们头上，正是他们的父母导致了冰层的融化。"他的候诊室很不错，和你一起坐在里面的可能会有一帮联邦政要和三四个国家元首。这些人都是为了向人类用途研究与发展部的负责人献媚。我就得从他们中间慢慢走过去，在他们面前展示一番，每一次都是如此，见鬼。我是哈伯医生驯化的疯子，是他的展品，是给他装点门面的病人……"他带着她穿过万神殿穹顶下的大厅，走上移动的人行道，爬上一条螺旋扶梯，这扶梯看起来仿佛没有尽头，简直叫人难以置信。"统治世界的实际上是人类用途研究与发展部，这就是现状。"他说，"我真想不明白为什么哈伯还需要其他形式的权力。他拥有的已经够多了，天地良心。他为什么不能就此打住？我估计他就像亚历山大大帝一样，需要新的世界让他去征服。这一点我一直都不懂。你今天工作如何？"

他很紧张，所以才会说这么多话；不过他似乎不像过去几周那样沮丧和苦恼了。有什么事情让他恢复了天生的淡定平和。她从来不曾打从心底里相信过他会迷失太久，也不相信他会失去方向、封闭自我；尽管他曾经很痛苦，而且越来越痛苦。如今他不是这样了，这种变化如此突然、如此彻底，她不禁纳闷，究竟是什么起了作用。他是昨晚发生变化的，当时他们坐在依然空荡荡的起居室里，听着披头士乐队那首古怪而微妙的歌曲，然后两个人都睡着了。从那以后，他就变回了原来的自己。

哈伯那间宽敞豪华的候诊室里一个人也没有。乔治对着门口一个桌子状的物体报出自己的名字，他对希瑟解释说，那是一个自动接待员。虽然紧张，她还是开玩笑地问这里是不是也有自动自慰机，就在这时，门开了，哈伯站在门口。

她以前跟他只有短暂的一面之缘，当时乔治刚刚成为他的病人。她都忘了他的块头有多大,胡子有多浓密,模样有多么令人印象深刻。"快进来,乔治!"他大声说。她被吓到了,有点往后缩。他看见了她:"奥尔太太——很高兴见到你!你能来真好!你也进来吧。"

"哦,不用了,我只是——"

"哦,来吧。你知道这可能是乔治最后一次来这里治疗吗?他有没有告诉你?今晚我们就把这事给了结了。你当然应该在场。来吧。我让我的员工提前下班了。估计你们也看见下行扶梯上的踩踏事件了。今晚我希望这个地方只属于我自己。好吧,坐在这儿。"他还在继续说,倒也没必要说什么有意义的话来回答他。哈伯的举止让她很是着迷——他流露出的那种狂喜;她都不记得他有多么专横、多么友好了,只记得他比一般人块头大。这实在有点叫人难以置信,这么一个人——世界领导人、伟大的科学家,竟然会花费数周时间给乔治这个无名之辈进行个体化治疗。不过,当然了,乔治这个病例非常重要,很有研究价值。

"最后一次治疗。"他一边说一边调整着沙发头那边墙上的一个电脑状物体,"最后一次在受控制的情况下做梦,然后,我想,我们就战胜这个问题了。乔治,你赌不赌?"

他经常称呼她丈夫的名字。她记得乔治几个礼拜前说过:"他一直用我的名字称呼我,我想他这是在提醒自己,这里还有别人在场。"

"当然赌。"乔治说着在沙发上坐了下来,稍稍仰起脸;他看了希瑟一眼,露出微笑。哈伯随即开始分开乔治浓密的头发,往他头上固定电线末端的小东西。希瑟自己对这个过程也有印象，每一名联邦公民都接受过一系列测试与记录，其中有一部分就是这样的。但是看到有人这样对她的丈夫，她还是有点不安，仿佛那些电极是一个个小吸盘，会把乔治脑袋里的想法吸干，然后把它们画在纸上，就像疯子在乱涂乱写。这会儿乔治的表情非常专注。他在想什么？

哈伯突然把手放在乔治的喉咙上，好像要掐死他，然后伸出另一只手去播放录音带，他用自己的声音把催眠师那些套话说了出来："你即将进入催眠状态……"过了几秒钟，他停下录音带，测试了一下催眠效果。乔治已经被催眠了。

"很好。"哈伯说道，然后又沉默下来，显然是在沉思。他身材魁梧，就像一只用后腿直立起来的灰熊，站在她和沙发上那个瘦小、顺从的身影之间。

"乔治，现在你仔细听好，并且记住我的话。你已被深度催眠，将会明白无误地遵循我给你的所有指示。等我叫你睡觉的时候，你就会睡着，然后会做梦。你会做一个成真的梦，梦见自己完全正常——和其他人一样。你会梦见自己曾经有过——或者以为自己曾经有过——做梦成真的能力，但事实已经不再是这样了。从今往后，你做的梦会跟其他人的梦一样，只对你自己有意义，对外部现实毫无影响。你会梦见这些内容，无论你用何种象征手法来表达这个梦，但它的有效内容将是你不再能够做梦成真。这将是一个美梦，等我喊你的名字三次时，你就会醒来，感觉身心舒畅。做完这个梦以后，你就永远不会再做梦成真。现在躺下吧，舒舒服服的。你要睡觉了。你睡着了。安特卫普！"

等他说完最后一个字，乔治的嘴唇动了动，用梦呓般微弱而遥远的声音说了句什么。希瑟听不见他的话，但她立刻想起昨晚的情形，当时她都快睡着了，蜷缩在他身旁，就听他大声说了句话，发音类似于 air per annum。"什么？"她说，可是他却没有回答，他已经睡着了，就像现在这样。

看着他躺在那儿，双手一动不动地放在身侧，一副脆弱的样子，她不由得心里一紧。

哈伯已经站了起来，在沙发头那边的机器侧面按下一个白色按钮；有些电极线连接到这台机器，有些则连接到脑电图仪，她认识脑电图仪。墙上那个东西一定是放大器，所有的研究都是关于它的。

哈伯向她这边走来，她坐在一把巨大的皮革扶手椅上，陷得很深。这是真皮，她早已忘了真皮是什么手感，它有点像乙烯基皮革，但是手感更好。她很害怕，不明白这是什么情况，于是疑惑地抬起头，看着站在自己面前的这个大个子男人，他活像是熊族的萨满或神灵。

"奥尔太太，他在我的暗示下做了一系列的梦，"他压低声音说道，"这一个就是大结局。我们已经为这次治疗——这个梦——进行了数周的准备。你来了，我很高兴，虽然我本来没打算邀请你来，但是你在场有一个额外的好处，那就是会让他感到绝对放心、对我完全信任。他知道，只要有你在身边，我就不可能耍花招！对吗？事实上，我对成功很有信心。这一招会起作用的。一旦不再恐惧做梦，他也就不会再依赖安眠药了。这纯粹是条件反射的问题……我得去盯着脑电图仪，他很快就要做梦了。"虽然块头很大，他的动作却很敏捷，很快就走到了房间另一头。她一动不动地坐在那里，看着乔治平静的面容，这会儿他的神情不再专注，也不再有任何表情，看上去好像死了一样。

哈伯还在忙着摆弄他的机器，他忙个不停，弯着腰进行调整和观察，完全没有注意到乔治。

"看。"他柔声说道——不过希瑟觉得他并不是在跟她讲话，他只是说给自己听的。"就是这样。对。现在休息一下，做完一个梦，进入睡眠的第二阶段，睡一会儿，再做下一个梦。"他对墙上的机器做了点什么，"然后我们来做一个小小的测试……"他又走到她这边来了；她希望他干脆就别理会她，而不是假装和她说话。他似乎不懂得沉默的用处。"奥尔太太，你丈夫对我们的研究贡献良多。他是个独一无二的病人。关于梦的本质以及梦在积极和消极条件反射疗法中的运用，我们了解到许多，这在各行各业都将具有不可估量的价值。你知道HURAD是什么意思吧。人类用途：研究与发展。嗯，我们在这个病例中学到的知识将对人类大有用处——很大的用处。这原本只是一个看似普通的轻微药物滥用病例，却发展出惊人的结果！最让人吃惊的是，山下医学院的那些人居然有本事注意到这个病例的特别之处，并且把病人转给了我。你在搞学术的临床心理学家身上很少见到这种敏感性。"他一直在看表，这会儿他说道，"好，回去看看我的宝贝。"然后便快步走到房间另一头。他又摆弄了一下放大器，随后大声说:"乔治,你还在睡觉,但是能听见我说话。你能听见我说话,而且完全能够理解。如果你听见了,就点点头。"

那张脸上平静的表情并无变化,但头却点了一下,就像个扯线木偶的脑袋。

"很好。现在仔细听好,你会再做一个逼真的梦。你会梦到……梦到我办公室的墙上有一幅壁画,那是胡德山的巨幅照片,山上覆盖着白雪。你会梦到自己看见那幅壁画在我办公桌后面的墙上,就在这间办公室里。好。现在你要睡觉了,然后做梦……安特卫普。"

他又俯身在机器上方忙碌起来。"看,"他轻声说,"看那……好……很好。"

机器安静地运行。乔治安静地躺着。就连哈伯也停下动作,不再嘀嘀咕咕。偌大的办公室里亮着柔和的灯光,一丝声音也没有,透过玻璃墙可以看见外面在下雨。哈伯站在脑电图仪旁边,转头去看办公桌后面的墙壁。

什么也没发生。

希瑟用左手的手指在扶手椅上画了一个小小的圆圈,扶手椅的真皮表面富有弹性,摸上去还有点颗粒感,这东西曾经是一个活物的皮肤,就是这层表皮隔开了奶牛和大千世界。她回想起昨天播放的那张老唱片,旋律在她脑海里响起,萦绕着久久不散。

  关上灯时你看见了什么?
  我不能告诉你,但我知道那是我的……

她没想到哈伯可以这么久不动也不说话。只有一回,他突然伸出手指去转了转一个调节控制器。然后他就又站在那里一动不动了,只是看着光秃秃的墙壁。

乔治叹了一口气,睡眼蒙眬地抬起一只手,随后再一次松松地垂下去,醒了过来。他眨眨眼睛,坐起身来,眼睛立刻向希瑟那边望去,仿佛要确定她还在这里。

哈伯皱起眉,惊慌失措地按下放大器上位置靠下的一个按钮。"见鬼!"他盯着脑电图仪的显示屏说道,一条条小小的描记线依然在屏幕上轻快地上下跳动着,"放大器正在向你输入D状态模式,你究竟是怎么醒过来的?"

"我也不知道。"乔治打了个哈欠说道,"我就是醒了。不是你叫我马上醒来的吗?"

"通常我都会吩咐你醒来。根据信号。可你却凌驾于来自放大器的刺激模式之上,这到底是怎么做到的……我得增加功率,以前显然是太过犹豫不决了。"毫无疑问,他这是在跟放大器说话。说完以后,他猛地转过头看着乔治说道:"好吧,你梦见了什么?"

"梦见那面墙上有一幅胡德山的照片,就在我妻子身后。"

哈伯的眼睛瞟向那面光秃秃的红木镶板墙,然后又继续看着乔治。

"还有别的吗?在这之前做的梦——你还记得吗?"

"应该记得。等一下……我想我梦见自己在做梦,大概是这样。很混乱。我在一家店里。没错——我在迈耶和弗兰克百货商店买了一套新衣服，那个外衣必须是蓝色的，因为我就要换工作了，就是诸如此类的事。我记不清了。总之，他们有一张指导表格，上面告诉你，如果你身高是这么高，那你的体重应该是多少，反之亦然。对于中等身材的男人来说，我的身高和体重都刚好处于中位数。"

"换句话说，你很普通。"哈伯说着突然大笑了一声。他的笑声很大，把希瑟吓得不轻，毕竟她刚刚从紧张和沉默中回过神来。

"很好，乔治，挺好的。"他拍了拍乔治的肩膀，开始把电极从他头上取下来，"我们成功了。我们做成了。你已经清清白白了！你知道吗？"

"我想是吧。"乔治温和地答道。

"重担卸下了。对吗？"

"扛在你肩上了？"

"扛在我肩上了。没错！"又是一阵狂笑，持续的时间有点过长。希瑟不知道哈伯是一直这样呢，还是因为这会儿极度兴奋。

"哈伯医生，"她丈夫开口道，"你有没有跟外星人谈起过做梦的事？"

"你是说和金牛座α星人？没有。福德在华盛顿尝试着给一些金牛座α星人做了我们的几个测试，以及一系列心理测试，但结果毫无意义。我们连沟通问题都没解决。它们虽然拥有智慧，但是我们最优秀的异族生物学家伊尔切夫斯基认为，它们也许并非理性生物，那些看似融入人类社会的行为只不过是一种本能的适应性模仿。谁也说不准，又不能给它们做脑电图，事实上，我们甚至不知道它们是否睡觉，更不用说做梦了！"

"你听过iahklu'这个词吗？"

哈伯沉默了片刻："听过。但是这个词不可译。你认为它是'做梦'的意思，嗯？"

乔治摇了摇头："我不知道它是什么意思。我不会假装自己比你懂得多，但是哈伯医生，我确实认为，在你继续运用——运用这项新技术之前，在你做梦之前，你应该找个外星人谈一谈。"

"找哪个呢？"话里的讽刺之意显而易见。

"随便找谁都行。这不重要。"

哈伯笑了："谈什么呢，乔治？"

希瑟看到丈夫抬起头看着这个大个子男人，她看见他的浅色眼睛里有光闪过。"谈谈我。谈谈做梦。谈谈iahklu'。这不重要。只要你去倾听。它们会知道你想说什么，在这件事上，它们比我们经验丰富。"

"在哪件事上？"

"做梦——做梦只是其中的一个方面。它们做这件事已经很久了。我猜，也许一直都是这么做的。它们属于做梦的时代。我弄不明白，也说不清楚。万物都在做梦。形式的变化，生命的变化，就是物质在做梦。石头也会做梦，随之变化的是地球……但是当大脑变得有了意识，当进化的速度加快时，你就要小心了。小心这个世界。你得了解方法。你得了解技巧、艺术和界限。一个有意识的头脑必须是整体的一部分，有意地，谨慎地——就像石头不知不觉间就是整体的一部分。你明白吗？这对你来说有没有什么意义？"

"这对我来说并不新鲜，如果你是这个意思的话。世界精神什么的。近代科学出现之前的综合产物。神秘主义是人们理解做梦或现实本质的方式之一，但是对于那些愿意运用理性并且能够运用理性的人来说，这却是无法接受的。"

"我不知道这是否属实。"乔治说道，尽管他很认真，却没有丝毫怨恨，"仅仅是出于科学上的好奇心，请你至少试试这么做吧：在你对自己试用放大器之前，在你打开它之前，当你开始自我暗示的时候，说出Er' perrehnne这个词。大声说出来，或者在心里说出来。一次就好。清清楚楚地说出来。试试看。"

"为什么要这样？"

"因为它管用。"

"管什么用？"

"你会得到朋友们的一点帮助。"乔治说着站起身来。希瑟惊恐地注视着他。他说的话听起来很荒唐——哈伯的治疗把他逼疯了，她早就知道会这样。但是哈伯并没有做出回应——难道他回应了吗？——他听到语无伦次或是精神错乱的话语时，都会有所反应的。

"Iahklu' 太过复杂，一个人处理不了，"乔治还在说，"它会失控。它们知道如何去控制它。或者也不完全是控制它，这个词不合适；只是让它一直待在所属的地方，走在正确的道路上……我也弄不明白。也许你能明白。向它们求助吧。在你……在你按下开启按钮之前，说出Er' perrehnne。"

"你说的也许有道理，"哈伯说道，"也许值得调查一番。乔治，我会去处理的。我会从文化中心找一个金牛座α星人到山上来，看看能否得到一些这方面的信息……奥尔太太，你是不是完全没听懂，嗯？你这个丈夫真应该去当心理医生，去做研究，他当绘图员太屈才了。"他为什么这么说？乔治明明是一名公园和游乐场设计师。"他有天赋，他是个天才。我从来没想过把金牛座α星人也牵扯进来，在这一点上，他可能是真的有创意。不过，也许你很庆幸他不是心理医生，对吧？要是伴侣一边吃饭一边还在分析你的潜意识欲望，那就太可怕了，是不是？"他一边说着一边送他们出去，他的声音低沉洪亮，如同打雷一般。希瑟很是困惑，简直要哭了。

"我讨厌他。"在下降的自动螺旋扶梯上，她气愤地说，"他这人真可怕。虚伪。是个大骗子！"

乔治握住她的胳膊，什么也没说。

"你的治疗结束了？真的结束了？不用再吃药，这些可怕的治疗也都做完了？"

"我想是的。他会提交我的文件，六周内我就能收到许可通知了。如果我安分守己的话。"他微微一笑，有点疲倦，"宝贝，这在你看来很艰难，我却觉得还好。这一次还好。我饿了。我们去哪儿吃晚饭？玻利维亚之家？"

"去唐人街吃。"她说，随后就发觉自己说错了话，"哈哈。"她又说了一句。至少在十年前，旧的华人区就和市中心的其他地

天　钩

方一起被拆除了，可是不知为什么，她一时竟完全忘了这茬儿。"我是说去鲁比洛吃。"她说道，有点困惑。

乔治把她的胳膊拉得更近了一些。"好。"他说。

去那里很方便。缆车的终点站在河对岸的老劳埃德中心，在金融危机之前，那儿曾经是世界上最大的购物中心。如今，那些巨大的多层停车场已经和恐龙一起消失了，两层购物中心旁边的许多大小店铺都空无一人，用木板封了起来。溜冰场已经二十年没人来了。浪漫的喷泉是用扭曲的金属制成的，看起来很是怪异，喷泉里并没有水在流淌。观赏用的小树已经长得高耸入云，树根挤裂了圆柱形花盆周围的很大一片人行道。长长的拱廊商店街里灯光昏暗、破旧不堪，走在这里，身前身后传来的说话声和脚步声清晰而又空洞。

鲁比洛在二楼，一棵七叶树的枝条几乎将它的玻璃幕墙遮了个严严实实。头顶的天空呈现一种浓郁而细腻的绿色，这种颜色只有在雨后放晴的春日夜晚才能看到一小会儿。希瑟抬头望向那翡翠般的天穹，它遥不可及、宁静悠远；她心里一松，感觉到焦虑开始从身上滑落下来，就像蜕下的皮。然而好景不长，情况发生了奇怪的逆转和变动。她似乎被什么东西抓住了，动弹不得。她几乎停下了脚步，视线从翡翠般的天穹移下来，看着面前空空如也、阴影重重的步行街。这是个奇怪的地方。"这里真诡异。"她说。

乔治耸了耸肩，但他的脸看起来很紧张，相当严肃。

起风了，从前四月的风可没有这么暖和，湿热的风吹动七叶树那一根根宛如绿色手指的粗大枝干,又吹走了垃圾杂物,一直吹到那长长的、荒无人烟的转角处。在摇动的树枝后面,红色的霓虹灯似乎暗淡下来,它仿佛也在随风摇曳、变换形状,霓虹灯的招牌上写的不是鲁比洛,它什么字也不是了。什么字也没有。一切都毫无意义。风在空荡荡的庭院里吹出空洞的声响。希瑟转身离开乔治,向最近的一堵墙走去,她哭了。在痛苦时,她本能地想要躲起来,走到墙角躲起来。

"怎么了,亲爱的……没事的。坚持一下,不会有事的。"

我要疯了,她心想,疯的不是乔治,一直都不是乔治,而是我。

"不会有事的。"他又说了一遍,然而她听到他的声音,知道他不相信这话。她摸着他的双手,感觉他不相信这话。

"这是怎么了,"她绝望地喊道,"这是怎么了?"

"我也不知道。"他说道,几乎有点神思恍惚。他抬起头,略微转过身去,但是依然把她搂在怀里,免得她哭出声来。他似乎在观望,在倾听。她感到他的心在胸膛里一直跳得很厉害。

"希瑟,听我说,我得回去。"

"回哪儿去?出什么事了?"她的声音又尖又细。

"回哈伯那儿去。我得走了。这就走。你在饭店等我。希瑟,等着我。别跟我一起来。"他走了。她只得跟上去。他走得很快,没有回头,走下长长的楼梯,穿过拱廊商店街,经过干涸的喷泉,来到缆车站。一个车厢等在那里,就在队伍最后面,他跳了进去。就在缆车开始驶出车站的时候,她爬了上去,喘气喘得胸口都疼了："乔治,你搞什么名堂!"

"抱歉。"他也在喘气,"我必须到那儿去,本来没想把你牵扯进来。"

"牵扯进什么事?"她讨厌他。他俩坐在面对面的座位上,对着彼此气喘吁吁。"你这么疯狂是什么情况?你回那儿去做什么?"

"哈伯在——"乔治的声音有片刻干涩,"他在做梦。"他说。一种深深的恐惧感本能地在希瑟心里滋生,她没去理会。

"做什么梦?那又怎么样?"

"你看看窗外。"

在他们俩刚才奔跑时以及坐上缆车之后,她就一直只看着他。这会儿缆车正高高地悬在水面上过河,然而河里并没有水,河流已经干涸。龟裂的河床在桥上灯光的照耀下往外渗水,臭气熏天,遍地都是油污、骨头、丢失的工具和垂死的鱼。高高耸立的码头沾满黏泥,一艘艘巨大的船倾倒在旁,破损严重。

在世界之都波特兰的市中心,一栋栋建筑正在熔化。崭新的大楼就像一个个用石头和玻璃建成的立方体,高大又壮观,其间点缀着一块块绿地,绿地的面积都经过仔细考虑。政府的一座座堡垒——研究与发展部、通信部、工业部、经济规划部以及环境控制部——变得水汪汪的,摇摇欲坠,好像晒在太阳下的果冻。墙角已经沿着侧面流下来,留下大块的奶油色污迹。

缆车开得飞快,并没有在站点停留。缆索一定是出故障了,希瑟想道,丝毫没觉得这事跟自己有关系。他们在消融的城市上空摇摆着迅速前进，低得足以听到隆隆声和哭喊声。

随着缆车越升越高，胡德山进入了视线，就在乔治的脑袋后面，因为他是面对她坐着的。也许是从她脸上或是眼睛里看见了映出的红光，他立刻转过头去，结果看到一个颠倒过来的巨大火锥。

车厢在深渊中剧烈摇晃，下方的城市支离破碎，上方的天空星落云散。

"今天似乎什么事都不正常。"后方远处的车厢里，有个女人用颤抖的嗓音大声说道。

火山喷发时的光既可怕又绚烂。这种巨大的地质威力是实实在在的，反而比车厢前方以及缆车线路顶端的空洞区域更令人安心。

刚才希瑟在碧绿的天空中向下望时，心里突然生出一种不祥的预感，如今这预感成了现实。它就在那里，是一片虚空的地带，抑或是一段虚无的时间。它是不存在的存在——一个没有质量、无法量化的实体，所有的东西都落入其中，却没有任何东西从其中产生。它很可怕，它什么也不是。它是错误的方式。

缆车在终点站停下了，乔治走进这片虚空。他一边走一边回头对她喊道："希瑟，等着我！不要跟着我，不要来！"

但是，尽管她试着照他的话去做，这虚空却向她袭来。它从中心迅速地向外生长。她发现一切都消失了，她迷失在恐慌的黑暗之中，无声地呼喊着丈夫的名字，孤独凄凉，最后她倒下来，身体蜷成一团，无止境地坠入干涸的深渊。

天　钧

凭借意志的力量——要是以正确的方式运用在合适的时机，这种力量其实是很强大的——乔治·奥尔在脚下找到了通向人类用途研究与发展部大厦的坚硬的大理石台阶。他向前走去，可他的眼睛告诉他，他脚下是雾气，是泥土，是一具具腐烂的尸体，是数不清的小蛤蟆。天很冷，这里却有一股金属烧热、头发或皮肉烧焦的气味。他穿过大厅，一时间金色字母在他身旁蹦蹦跳跳，那是原本镶在穹顶周围的格言，MAN，MANKIND，M，N，A，A，A。那些A想要绊他的脚。他踏上一条移动的走道，尽管他看不见它；他又踏上螺旋形的自动扶梯，乘着它走进虚空，始终凭借意志力在支撑。他甚至没有闭上眼睛。

上到顶楼，地板结冰了，大约有一指厚，清澈见底，透过它可以看见南半球的群星。奥尔踏上冰面，群星发出响亮而虚假的声音，就像一个个破裂的铃铛。这里的臭味更加难闻，让他作呕。他向前走去，伸出了手。哈伯外间办公室的门板就在前方，他虽然看不见，但是摸得到。一头狼在嗥叫。岩浆向城市流去。

他继续走，来到最后一道门前，推开了它。门的另一边什么也没有。

"帮帮我。"他大声说，那虚空在拉他，在拽他。他没有足够的力量独自穿过虚无，从另一边走出去。

他的大脑仿佛昏昏沉沉地觉醒了，他想起蒂瓦克·恩比·恩比，想起舒伯特的半身像，想起希瑟愤怒的声音："乔治，你搞什么名堂！"这就是他穿越虚无的全部力量。他向前走去。他心里清楚，去了就会失去他已经拥有的一切。

他走进了噩梦之眼。

由恐惧而生的黑暗冷冰冰的，隐隐约约在移动，在旋转，这黑暗将他拉到一边，将他撕裂。他知道放大器在哪里。他沿着万物运行的方向伸出自己的凡人之手，碰到了放大器，摸到底下的按钮，按了一次。

随后他蹲下身子，捂住眼睛瑟瑟发抖，害怕极了。等到他抬起头来，看见世界又回来了。虽然一片狼藉，但它是存在的。

他们并不在人类用途研究与发展部大厦，而是在一间他以前没见过的办公室里，这里更加昏暗、更加普通。哈伯四仰八叉地躺在沙发上，身材魁梧，胡子拉碴。他的胡子又是红棕色了，皮肤白皙，不再是灰种人。他的眼睛半睁半闭，眼神空洞。

奥尔拽下那些电极，连接在哈伯脑袋和放大器之间的电线就像一条条蛲虫。他看着那台机器，机箱的柜门全都敞开着；它应该被毁掉，他心想。不过他不知道该如何摧毁它，也不愿意去尝试。破坏并非他的本行，而且机器是没有过错的，比任何动物都更加无辜。它什么想法也没有，只是体现了我们的意图。

"哈伯医生。"他说着摇了摇那壮硕沉重的肩膀，"哈伯！醒一醒！"

过了一会儿，那个庞大的身躯动了，很快就坐了起来，全身松松垮垮的，硕大英俊的脑袋垂在肩膀之间，嘴巴也没有闭紧，眼睛直勾勾地盯着黑暗，盯着虚空，盯着威廉·哈伯心中的虚无——这双眼睛不再浑浊，而是空洞无神。

奥尔对他心生恐惧，从他身边退开了。

天　钧

我得找人来帮忙，他心想，这事我一个人处理不了……他走出办公室，穿过一间他不熟悉的候诊室，沿着楼梯跑下去。他以前没有来过这栋大楼，不知道这是什么地方，也不知道它在哪里。来到外面的大街上，他认出这是波特兰的一条街，除此之外就一无所知了。这条街不在华盛顿公园附近，离西山也很远，他以前从没来过。

哈伯内心空虚，却又能做梦成真，这两者从他那做梦的大脑向外辐射，已经切断了种种联系。在奥尔的梦里，每个世界之间或是每段时间线之间，始终存在着一种连续性，然而这种连续性如今已被打破。混乱开始了。对于现在这个世界，他只有一点点支离破碎的记忆，他所知的几乎全部来自其他记忆、其他梦境。

至于其他人，他们没有他知道得这么多，可能更加适应这种生存方式的转变，但他们会因此而更加惊恐，因为没人能解释得通。他们会发现，世界从根本上发生了变化，这种变化非常突然，而且毫无意义，也找不到任何可能的合理原因。哈伯医生做梦之后，世上会死很多人，世人会非常害怕。

还会失去很多。失去很多。

他知道自己已经失去了她，当他在她的帮助下走进做梦者周围那片虚空的时候，他就知道了。她消失了，连同那个灰色人种的世界一起，连同那栋巨大的虚假建筑——他跑进那栋楼里，将她一个人留在毁灭瓦解的噩梦中。她不见了。

他没有找人来帮助哈伯。没人帮得了哈伯。也没人帮得了他自己。他已经做了自己能做的一切。他沿着一条条混乱的街道继续向前走，根据街上的指示牌，他判断出自己是在波特兰东北部，对于这个区域他知之甚少。这里房屋低矮，在转角处有时能够看到山景。他看见火山已经停止喷发了，实际上它从来就不曾喷发过。四月的天空渐渐黑下来，紫褐色的胡德山直插云霄，它在休眠。这座山睡着了。

在做梦，在做梦。

奥尔漫无目的地走着，走过一条街又一条街；他筋疲力尽，有时候恨不得就地躺在人行道上休息片刻，可他一直在走。他快要走到一个商业区了，离河边也越来越近。这座城市半是被摧毁半是被改造，宏伟的计划与残缺的记忆混杂在一起，又乱又挤，就像疯人院，火灾和疯狂从一家传到另一家。但人们还是一如既往地做着自己的事情：两名男子正在抢劫一家珠宝店，有个女人从他们身旁走了过去，她怀里抱着一个哭得面红耳赤的婴儿，坚定地走在回家的路上。

无论家在哪里。

光曜问乎无有曰:"夫子有乎?其无有乎?"光曜不得问而……

——《庄子·外篇·知北游第二十二》

THE LATHE OF HEAVEN

11 ELEVEN

　　那天晚上的某个时候，正当奥尔试图穿越乱成一团的郊区、走到科贝特大街时，一位金牛座α星人拦住了他，并劝说他跟它一起走。他顺从地跟着它走了。过了一会儿，他问它是不是蒂瓦克·恩比·恩比，不过他问得并不太肯定，似乎也不在意那外星人费力地解释说，他是约约，而它叫埃尼迈门·阿斯法[1]。

　　它带着他来到河边的一间公寓，楼下是一家自行车修理铺，隔壁则是永恒希望福音教会——今天晚上来了很多人。在世界各地，人们向各种各样的神灵提出请求——礼貌地或者不那么礼貌地，要他们解释一下太平洋标准时间下午6:25到7:08所发生的事情。他们俩摸黑爬上楼梯，脚下响起甜美却刺耳的《摇滚年代》。来到二楼的公寓，外星人建议他在床上躺下来，因为他看起来很疲倦。"睡觉能把烦恼的乱麻编织起来。"它说。

1　外星人名，原文为E'nememen Asfah。

"去睡觉，也许会做梦吧。哎，这就麻烦了。"奥尔答道。外星人的交流方式虽然奇怪，但他觉得其中也是有些道理的，不过他太累了，没有去一探究竟。"你在哪里睡？"他边问边重重地在床上坐了下来。

"不在哪儿。"外星人答道，它说起话来没有声调，将这个句子拆分成四个同样重要的整体。

奥尔弯腰去解鞋带。他不想让自己的鞋子弄脏外星人的床罩，这可不是对它一片好心的公平回报。可是弯腰让他头晕。"我累了，"他说，"我今天做了很多事。其实，我做了一件事。我做过的唯一一件事就是按下一个按钮。我用尽全部的意志力，使上这辈子积攒的所有力气，才按下一个该死的关机按钮。"

"你这一天过得很好。"外星人说道。

它站在角落里，显然是打算一直站在那里。

但是奥尔觉得它并不是站在那里——它站在那里的方式和他站着、坐着、躺着或是生存的方式都不一样。他在梦里倒是有可能像它那样站着。它站在那里，从某种意义上来说，就像人在梦里的某处。

他躺了下来，外星人站在漆黑的房间另一头，他清楚地感觉到它对自己的怜悯与保护之情。它不是用肉眼在看他，而是把他看作一个生命短暂的血肉之躯，一个没有盔甲、无比脆弱的奇怪生物，在可能的各个深渊里随波逐流——这个东西需要帮助。他并不在意。他的确需要帮助。他累极了，慢慢沉入倦意之中，任凭它像洋流一样带走了他。"Er' perrehnne."他喃喃地说着，睡去了。

天　钧

"Er' perrehnne."埃尼迈门·阿斯法无声地答道。

奥尔睡着了。他做梦了。这没什么麻烦的。他那些梦就像深海的波浪，远离任何一处海岸，来来去去，起起落落，深邃而无害，哪里也没有突破，什么也没有改变。它们在生命之海的波涛中翩翩起舞。在他的睡梦里，巨大的绿色海龟潜入水中，如鱼得水般游过深渊，虽然沉重，却无比优雅。

六月初，树木枝繁叶茂，玫瑰正在盛放。城里到处都是高大的老式玫瑰，它们带刺的茎上开着粉色的花朵，像野草一样坚韧，被称为波特兰玫瑰。局势已经稳定下来。经济在复苏，人们在修剪自家的草坪。

奥尔来到林顿的联邦精神病院，它坐落在波特兰偏北一点的地方，建于九十年代早期的房屋矗立在一座高大的悬崖上，俯瞰着威拉米特河边的草地以及具有哥特式美感的圣约翰斯大桥。在四月底和五月间，他们这里人满为患，因为那个晚上发生了许多令人费解的事情，在那之后很多人的精神都崩溃了，所以如今人们把那天晚上的情形称为"大崩溃"。不过这种情况已经得到缓解，精神病院又恢复了人手不足、拥挤不堪、糟糕透顶的日常状态。

一个身材高大、说话温和的护理员将奥尔带到西翼楼上的单人间。通往这一翼的门和里面所有房间的门都很重，而且全部上了锁，门上五英尺高的地方有个小小的窥视孔。

"他自己倒是不惹麻烦，"护理员一边给走廊上的门开锁一边说道，"从来没有暴力倾向。但他对其他病人的影响很坏。我们试着给他换过两间病房。不行。其他病人都怕他,我从没见过这种事。病人们都会互相影响,引起恐慌,夜里发狂,等等,但不是像这样。他们害怕他。夜里拼命抓门,不愿意和他在一起。可他只是躺在那儿,什么也没干。好吧,在这儿什么事都能见识到,迟早而已。我想,他并不在乎自己身在哪里。到了。"他打开门锁,在奥尔前面走进房间。"哈伯医生,有人来看你。"他说。

哈伯瘦了。蓝白相间的睡衣长长地挂在他身上。他的头发和胡须剪短了,但被精心打理得整整齐齐。他眼神空洞地坐在床上。

"哈伯医生。"奥尔开口道,可他的声音却哑了下来。他充满怜悯,却又极度恐惧。他知道哈伯在看什么。他自己也曾经看过。他在看着一九九八年四月之后的世界,看着那个被心灵误解的世界——那个噩梦。

在T. S. 艾略特的一首诗中,有只鸟说,人类承受不了太多现实。但这只鸟错了。人可以将整个宇宙的重量扛在肩上八十年之久。他无法承受的反而是虚幻。

哈伯迷失了。他断线了。

奥尔试图再次开口说话,却发现无话可说。他退了出来,护理员也跟他一起,关门上了锁。

"我做不到,"奥尔说,"没有办法。"

"没有办法。"护理员说道。

走在走廊上,他又用温和的声音说道:"我听沃尔特斯医生说,他曾经是一名很有前途的科学家。"

奥尔乘船回到波特兰市中心。交通仍然相当混乱——以前大

天　钧

约有六种不同的公共交通系统，如今它们的碎片、残骸和起点把城市弄得一团糟。里德学院有地铁站，但是没有地铁；原本通往华盛顿公园的缆车如今的终点是一条隧道的入口，这条隧道在威拉米特河底走了一半，然后戛然而止。与此同时，一个有魄力的家伙将几艘原先在威拉米特河和哥伦比亚河上往返运行的游船改造成了渡轮，让它们在林顿、温哥华、波特兰以及俄勒冈城之间定期航行。这使得旅程很愉快。

为了到精神病院探访，奥尔今天的午休时间很长。他的老板就是那个外星人埃尼迈门·阿斯法，它并不在意员工的工作时间有多少，只关心活儿干完了没有。至于什么时候干活，那就是员工自己的事了。奥尔每天早上起床前会在床上半睡半醒地躺一小时，很多工作他都在脑子里完成了。

下午三点，他才回到洗碗槽公司，在工作室的绘图桌前坐下来。阿斯法在展厅里等候顾客上门。它雇了三名设计师，并且和各种各样的制造商都签有合同，这些制造商生产五花八门的厨房设备：锅碗瓢盆、工具用具以及除重型设备以外的一切。大崩溃让工业和销售业乱成了一锅粥；数周以来，国家政府和国际政府都心烦意乱，不得不采取自由放任的政策，在此期间能够继续经营或是开始经营的小型私营企业就占了优势。在俄勒冈州，许多这样的公司都是由金牛座α星人经营的，它们都专营某一种实体商品；它们是优秀的管理者，也是出色的推销员，尽管所有的手工活儿都得雇用人类来做。政府喜欢它们，因为它们愿意接受政府的约束与管制，世界经济正在逐步恢复元气。人们甚至又开始谈论国民生产总值了，梅尔德尔总统预言，等到圣诞节，一切都将回归常态。

阿斯法既做零售也做批发，洗碗槽公司因为其产品坚固耐用、价格公道合理而广受欢迎。四月的那个晚上，家庭主妇们意外地发现自己竟然在厨房里做饭，所以大崩溃以后她们就开始给厨房添置新装备，店里的顾客也越来越多。奥尔察看砧板的木材样品时听到有个人说，"我想要一个这样的打蛋器"。这让他想起了他妻子的声音，于是站起身向展厅里望去。阿斯法正在向一个三十多岁的女人展示商品，她中等身材、棕色皮肤，一头黑色的短发又硬又直，脑袋的形状也很好看。

"希瑟。"他说着走上前去。

她转过身看着他，似乎看了很久。"奥尔，"她说道，"乔治·奥尔，对吗？我们是什么时候认识的？"

"是在——"他犹豫了，"你不是律师吗？"

埃尼迈门·阿斯法站在那里，身穿巨大的绿色盔甲，手里拿着打蛋器。

"不是。我是法律秘书，在彭德尔顿大楼的鲁蒂和古德休事务所工作。"

"那一定是了。我以前也在那个大楼上班。你，你喜欢这个吗？这是我设计的。"他从箱子里又拿出一个打蛋器给她看，"看，平衡得很好，而且打蛋打得很快。人们往往会把钢丝绷得太紧，要不就做得太沉，只有法国人不会这样。"

"挺好看的。"她说，"我有个旧的电动打蛋器，不过我想这个起码可以挂在墙上。你在这里上班？以前不是吧。我这会儿想起来了。以前你在斯塔克大街工作，还在看医生接受自愿治疗。"

他不知道她想起了什么，也不知道她想起来多少，更不知道该如何把它融入自己的多重记忆中。

他妻子自然是灰皮肤的。据说现在仍然有灰色人种，特别是在美国中西部和德国，但其余大多数人已经恢复成了白种人、棕种人、黑种人、红种人、黄种人以及混血儿。他妻子是个灰种人，比眼前这个温和得多，他想。这个希瑟拿着带黄铜搭扣的黑色大手提包，没准儿包里还有半品脱白兰地，她来势汹汹。他妻子从来不会咄咄逼人，她虽然勇敢，态度却很温和。这不是他妻子，这个女人更加凶狠，她充满活力，不好相处。

"没错，"他说，"在大崩溃以前。我们……勒拉赫小姐，其实我们有过一次午餐之约，在安可尼大街的戴夫餐厅。可是这顿饭我们没有吃成。"

"我不是勒拉赫小姐，那是我婚前的姓氏。我是安德鲁斯太太。"

她好奇地打量着他。他站在那里，坚持着面对现实。

"我丈夫在近东的战争中被杀了。"她又说道。

"是了。"奥尔说。

"这些东西都是你设计的？"

"工具之类大部分是。还有炊具。看，你喜欢这个吗？"他用力拽出一个铜底茶壶，它硕大而雅致，比例和谐匀称，就像一艘帆船。

"谁会不喜欢呢?"她说着伸出双手。他把茶壶递给她。她掂了掂重量,欣赏地看着。"我喜欢各种物件。"她说。

他点点头。

"你是个真正的艺术家。它很美。"

"奥尔先生是实体方面的专家。"店主插话道,声调平平地用左肘说。

"对了,我想起来了。"希瑟突然说道,"那肯定是大崩溃之前,所以我脑子里全乱套了。你做梦,我的意思是,你以为自己梦见的事情会成真。是这样吗?医生叫你做梦成真的次数越来越多,你不想让他这样,于是想找个法子,既摆脱在他那里的自愿治疗,又不会被送去接受强制治疗。你看,我想起这事了。他们有没有给你另外指派一位心理医生?"

"没有。不需要他们了。"奥尔说着笑了起来。她也笑了。

"那你那些梦怎么办?"

"哦……继续做呗。"

"我以为你能改变世界呢。这就是你能为我们做到的——这个烂摊子?"

"没办法。"他说。

他自己倒是希望摊子别这么烂,但这也不是他能决定的。至少这个世界里有她。他曾经竭尽一切所能去寻她而无果,于是转而投入工作去寻求慰藉——这份工作虽然收入不高,但是很适合他,他是个有耐心的人。他原本因为失去妻子而伤心难过,既不流泪,也不作声,如今他可绝不能再这样了,因为她就站在这里，这个凶狠、倔强、脆弱的陌生人从现在开始将会被他重新赢得。

他了解她，了解这个陌生人，知道如何让她开口，也知道如何引她发笑。最后他说道："你想喝杯咖啡吗？隔壁就有家咖啡馆。我的休息时间到了。"

"见鬼的休息时间。"她说。还有一刻钟才到五点，她瞥了一眼外星人："我当然想喝咖啡，不过——"

"埃尼迈门·阿斯法，我十分钟后就回来。"奥尔一边对雇主说，一边去取雨衣。

"晚上别回来了，"外星人说，"有的是时间。有的是回来。去就是回来。"

"太谢谢你了。"奥尔说着跟老板握了握手。他的手握住巨大的绿色鳍状肢，感觉很凉爽。他和希瑟一起走了出去，在这个下着雨的温暖夏日午后。外星人在装有玻璃门面的商店里看着他们，就像海洋动物从水族馆里向外望，目送着他们走过去，消失在水雾中。

读客® 科幻文库

跟着读客读科幻,经典科幻全看遍。

太空歌剧、赛博朋克、奇幻史诗……
中国、美国、英国、俄罗斯、波兰、加拿大、日本、牙买加……
读客汇聚雨果奖、星云奖、轨迹奖获奖作品,
精挑细选顶尖的科幻奇幻经典,
陪伴读者一起探索人类文明的过去、现在和未来,
亿亿万万年,直至宇宙尽头。

打开淘宝,扫码进入读客旗舰店,
下一本科幻更经典!